本书荣获中国科学技术协会

"典赞·2021科普中国"建筑领域年度科普作品奖

发现隐藏在古诗词里的博物知识

古诗词里的地理名胜

潘剑彬 马全宝 董彦雷 编著

中华书局

图书在版编目（CIP）数据

古诗词里的地理名胜/潘剑彬，马全宝，董彦雷编著.
—北京：中华书局，2021.6（2023.3 重印）
（古诗词里的博物志）
ISBN 978-7-101-15161-9

Ⅰ.古…　Ⅱ.①潘…②马…③董…　Ⅲ.①古典诗歌-
诗歌欣赏-中国-少儿读物②名胜古迹-中国-少儿读物
Ⅳ.①I207.2-49②K928.7-49

中国版本图书馆 CIP 数据核字（2021）第 070361 号

书　　　名	古诗词里的地理名胜
编 著 者	潘剑彬　马全宝　董彦雷
绘　　　画	张诗凝　马婉凝　林　桐　杨晨曦　刘雨轩
	孙咏梅　程一璞　朱丹莉　王　娜　程美景
丛 书 名	古诗词里的博物志
责任编辑	杜国慧
责任印制	管　斌
出版发行	中华书局
	（北京市丰台区太平桥西里 38 号　100073）
	http://www.zhbc.com.cn
	E-mail:zhbc@zhbc.com.cn
印　　　刷	大厂回族自治县彩虹印刷有限公司
版　　　次	2021 年 6 月第 1 版
	2023 年 3 月第 5 次印刷
规　　　格	开本/880×1230 毫米　1/32
	印张 5¼　字数 110 千字
印　　　数	22001-32000 册
国际书号	ISBN 978-7-101-15161-9
定　　　价	35.00 元

序

它们见证了历史，并因诗词而熠熠生辉

古诗词是中华文明的重要组成部分，也是中华民族贡献给世界文明的瑰宝，彰显着中华文化的魅力，记载和传承着中华文明。

古诗词不仅用简洁优美的语言记录和表达着人们的生活和情感，还或写实、或写意地传递着历史上诗人生活地域的自然、人文景观信息，处处山花海树，座座宫阙楼台，不仅见证了千年的历史，还因为文学的加持而熠熠生辉。在注重文化传承的今日，了解和认识这些地理名胜，不仅有助于人们理解古诗词，还能强化爱国主义情感，建立实实在在的文化自信。

那么，古诗词中的这些景、物，在今天的什么地方？目前是什么样子？

北京建筑大学建筑学院的潘剑彬、马全宝两位副教授带领多位来自建筑学、风景园林学专业的硕士研究生共同完成了中华书局委托的《古诗词里的地理名胜》一书。该书结合诗词赏析，选取诗词中出现的、对于深入理解诗词要义具有典型意义的地理名胜，从地理位置、名称由来、历史变迁及自然风光等方面，进行了深入浅出的介绍。

这些古诗词中的地理名胜，今天有的成了世界文化、自然遗产（自然保护区或风景名胜区），有的成了重点文物保护单位。例如清代著名诗人纳兰性德《长相思》中提及的 "榆关"，即今日位于河北省秦皇岛市的山海关，是万里长城东部的重要关口，有"天下第一关"的美誉，属于第一批全国重点文物保护单位和世界文化遗产的组成部分。让大家了解这些信息，不仅有利于实现中国传统文化的高效传承，对于为全人类守护这些自然及人文景观也具有重要意义。

两位青年教师及其学生平时的教学科研任务繁重，能够挤出时间开展上述有意义的工作难能可贵，但因为时间仓促、专业所限等问题，在信息收集确认及辨析等方面难免有遗漏或错误的地方，万望读者发现后及时与编著者联系，我们将在后续版本中补充完善。

北京建筑大学副校长、教授、博士生导师

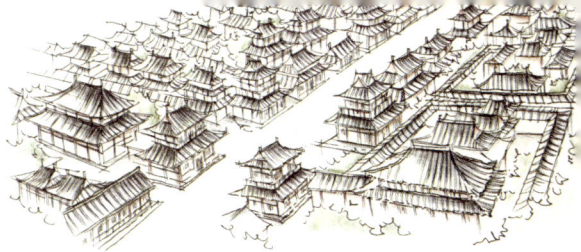

目　录

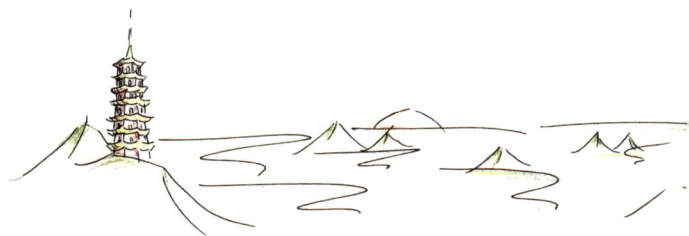

观 沧 海

〔东汉〕曹 操

东临碣石，以观沧海。

水何澹澹，山岛竦峙。

树木丛生，百草丰茂。

秋风萧瑟，洪波涌起。

日月之行，若出其中。

星汉灿烂，若出其里。

幸甚至哉，歌以咏志。

    《观沧海》是曹操北征乌桓胜利班师的途中登临碣石山所作。开头两句点明了"观沧海"的位置，居高临海，可以将大海的壮阔景象尽收眼底。后六句实写眼前的景色：秋风萧瑟中，大海汹涌澎湃，浩渺接天，山岛高耸挺拔，草木繁茂。"日月之行"后面四句，作者展开想象，将大海吞吐日月的博大写到极致，也让人不禁联想到曹操这位政治家广阔的胸襟和宏大的抱负。最后两句是合乐演奏时附加的，是乐府歌辞的一种形式，与正文内容无关。

东临碣石，以观沧海："碣石"是一块大石头吗？

碣石山在哪？

诗句中的"碣石"指的是碣石山。碣石山在河北省昌黎县城以北，主峰仙台顶是古今观海胜地，余脉跨越昌黎、卢龙、抚宁三县。碣石山山顶形貌奇特，突起于宽博坦荡的千仞绝壁之上，由两座南北对峙的峰峦叠成，从南边可以看作一体，酷似一方凌空拔起的柱石，因此而得名"碣石山"。碣石山为古代名山，虽在五岳之外，但有"神岳"之美誉，因主峰险峻，且濒临大海，位置重要，故我国最早的地理名著《山海经》和《尚书·禹贡》中即有记载。

"天外桃源"碣石山

碣石山东部是冀东油松林保护的关键地区，分布着北方地区面积较大的次生性森林生态系统；中部山水自然景观与人文历史有机融合，美景奇观和历史古迹众多；西部是联系中部，并涵养碣阳湖水源、保护生物多样性的重要区域。因此，碣石山兼有"天然动物园"和"天然植物园"的美称。

古人列有碣石山十景，其中以"碣石观海"最为壮观。碣石山因有曹操名句"东临碣石，以观沧海。水何澹澹，山岛竦峙"赞美，故颇得历代文人骚客的青睐。其他九个景点历经时代变迁，现存的主要景点有仙台顶、水岩寺、碣阳湖、龙潭洞、天桥柱、五峰山。

主峰仙台顶，海拔695米，是渤海近岸最高峰，悬崖上留存古人所刻"碣石"二字。登临仙台顶，眺望大海，西起滦河入海口，东至山海关秦皇岛港，沿岸陆地静卧脚下，波澜壮阔，美不胜收。

碣石山中有名刹水岩寺。水岩寺又名"宝峰寺"，建在碣石山南麓的宝峰台上。据考证，该寺始建年代久远，断碑残碣，可追溯到唐朝。碣石山山脚下有一碣阳湖，相传是秦始皇东临碣石，镌刻"碣石门辞"的地方。湖被群山环抱，山被湖水映衬，青山碧水，交相辉映，被人们誉为"碣阳碧水"。

龙潭洞在水岩寺东北绝壁之上。洞深三丈有余，洞口有门，洞内有潭，潭深丈余，水从石壁流淌而出，云气蒸腾。洞下有巨石峙立，上刻有辽代营州领海军题记二百余字。洞南石崖上有金代北平牧高侯贰车王公的游记刻石。

天桥柱位于碧云峰西北2.5公里的一道山崖上端，呈四方形，高达30余米，石色青白，四面如斧砍刀劈，陡直峭立，柱的上半部由三层巨石堆砌而成，巍然挺拔，直冲霄汉。

碣石山附近又有东、西五峰山。东五峰山位于仙台顶东侧，由东往西五峰分别是望海、锦绣、平斗、飞来、挂月，在平斗峰南侧山腰平台建有"韩文公祠"，以纪念唐朝大文学家韩愈。西五峰山在仙台顶以西，峰峰异状，秀美奇丽。

送杜少府之任蜀州

〔唐〕王 勃

城阙辅三秦，风烟望五津。

与君离别意，同是宦游人。

海内存知己，天涯若比邻。

无为在歧路，儿女共沾巾。

　　此诗为送别诗名篇。诗从送别之地起笔：巍巍长安城，雄踞三秦之地。风烟迷蒙中向朋友将要远赴的五津望去。颔联"同是宦游人"表明与友人都是宦游之人，彼此在客居中告别，更多了一番离愁别绪。颈联的情感转向豪迈：只要彼此为知己，天涯海角的距离也如同近在邻舍一样，表现出真正的友谊是不受时间限制和空间阻隔的。前六句意境阔大，情感真挚。"无为"，无须，不必的意思。尾联"无为在歧路，儿女共沾巾"扣住"送"的主题，在劝勉叮咛中表现出的是乐观豁达的胸襟。全诗开合顿挫，气脉流畅，一洗古送别诗悲凉悲怆之气。

城阙辅三秦,风烟望五津:"三秦"与"五津"是什么地方?

"三秦"与"五津"在哪?

"三秦"这一地理名称的来源,比较风行的观点是项羽在关中地区所封的三个秦军降将统辖的领地,分别是雍王章邯,辖咸阳以西;塞王司马欣,辖咸阳以东;翟王董翳,辖上郡,今陕北。三王所在的关中区域是秦国故地,萧何就把关中称为"三秦",后世也就沿袭了这种说法。现在,陕西也称"三秦"。

"津"字从水,意为渡口,"五津"则是五个"津"(渡口)之意。经过考证,古代蜀中的"五津"确切位置是在今四川省都江堰市至彭山区一段的岷江沿岸,分别为白华津、万里津、江首津、涉头津、江南津。

唐代长安城外有三秦相辅,蜀地有五津环绕,诗人王勃在长安城中送别前往蜀州赴任的朋友,故以"三秦"代指自己所在的关中,"五津"代指杜姓朋友要赴任的蜀州。

"三秦"的前世今生

"三秦"地处祖国内陆,地形较为封闭。北部的黄土高原群山环绕,北有横山山脉,西有子午岭,向东因黄河与晋地形成天然隔离。先秦至汉唐时期,黄土高原森林面积广阔,水草丰茂,野鹿成群，虎豹出没，维持着良好的生态环境。自宋元以来，军事对垒和人口迁移导致森林减少，明清时期黄土高原丘陵沟壑区彻底演变成了农耕区。二十世纪的黄土高原由于过度开垦，自然植被覆盖低，导致高原上尘土飞扬，水土流失严重。改革开放后通过"退耕还林"运动，科学栽植树木，使得昔日的黄土高原开始由黄变绿，初步形成了以林草植被为主体的自然风貌。黄土高原之南则有号称"八百里秦川"的关中平原，这里地势平缓，历史上就是经济富饶的农耕区域，目前已发展成以林、园为主的综合农业地带。关中平原南部则是陕南盆地，以山地为主，位于秦岭山脉和巴山山脉之间，这里山清水秀，人文荟萃，古今交融，拥有西汉三遗址、诸葛古镇、张良庙等历史文化遗迹，米仓山、青木川等国家级自然保护区，是历史文化与生态文明富饶的宝地。

"五津"的今世风貌

曾经闻名的"五津"随着时代发展和航运业的衰落而退出历史舞台，但其所归属的岷江流域仍保持着良好的自然风貌和资源。岷江是长江上游的重要支流，亦是成都平原最重要的水资源，历史上以都江堰为代表的岷江水利工程建设后，成都平原自此"水旱从人，不知饥馑，时无荒年，谓之天府"。在都江堰水利工程西南方向十千米处，有一山满目青翠，状若城郭而得名青城山。1982年，国务院批准青城山作为都江堰风景名胜区的重要组成部分，列入第一批国家级风景名胜区名单，自此青城山——都江堰风景名胜区正式成为一个整体。

　　青城山——都江堰风景名胜区自然地貌丰富，青城山前山高低起伏，犹似太师椅，后山巍峨陡峭，壁立千仞，两侧山脉面朝成都平原绵延而下，让人赞叹于大自然的鬼斧神工；景区内谷秀峰奇，溪涧蜿蜒，百转千回，岷江在都江堰冲出重重山脉，淌向成都平原，别有一番景致。都江堰水利工程选址于山地与平原结合的地理位置，其三大组成部分之一的鱼嘴工程利用地势的自然坡降度和水脉，因势利导地把岷江水一分为二，使奔腾呼啸的岷江水，按照人类的意愿"灌州沃县"。此外，风景名胜区内的山地特征和一江七水的纵贯，使得山、水、城、林、堰相因相借，塑造了都江堰"满城水色半城山"的优美城市景观形象，景城关系十分和谐。

登鹳雀楼

〔唐〕王之涣

白日依山尽，

黄河入海流。

欲穷千里目，

更上一层楼。

　　《登鹳雀楼》为唐代诗人王之涣所写的五言绝句。前两句写景，作者用极朴素的语言描画出雄壮开阔的万里河山：夕阳依傍着连绵起伏的群山缓缓西沉；楼前的黄河翻腾奔涌，滚滚流归大海。后两句抒情，面对如此壮阔之景，诗人仍有一种不断探求的愿望——想看得更远，就要站得更高。此诗写出了登高望远中诗人宽广的胸襟和远大的抱负，也反映了盛唐时期人们积极向上的进取精神。

欲穷千里目，更上一层楼：鹳雀楼上有鹳雀吗？

鹳雀楼名称由来

相传鹳雀楼最初建成时名为"白楼"，因高矗在黄河之滨，吸引了众多鹳雀栖息在上面，所以才改名为鹳雀楼。鹳雀楼与栖息其上的鹳雀在当时也是蒲州的一大景观。

鹳雀楼建筑主体

鹳雀楼是现存最大的仿唐建筑，外观四檐三层，内分六层，建筑物的总高度达70多米。鹳雀楼从建筑形制上来说充分体现了唐代风格，层层叠高，楼檐渐缩，棱角向外伸挑，每面都有木柱承檐，檐下设有坚木雕制栏杆。

高楼之下是波涛汹涌的黄河，灵秀之气充溢着高楼。置身于楼顶，凭楼南眺，华岳雄险，潼关要塞，历历在目；北望龙门，大河奔流，浩浩荡荡；俯视眼底，蒲州古城，古韵悠悠。如此壮景，吸引着诸多文人墨客不远千里，来到此处游览观光，泼墨挥毫，吟诗著文。

鹳雀楼的前世今生

鹳雀楼始建于南北朝时期的北周，最初用于军事瞭望，是一座戍楼。随后历经隋到金700余年，直至元初成吉思汗的金戈铁马进攻中原，在蒙古军围攻蒲州的一次战役中，当时的守官担心戍楼落入敌军之手，被对方作为军事瞭望之用，于是下令放火烧掉鹳雀楼。从此，无限辉煌的鹳雀楼灰飞烟灭，仅仅留下故址。后来又因为黄河水泛滥，河道摆动频繁，一代名楼故址被淹没，随后便难以寻觅，致使楼毁景失。人们只得以蒲州西城楼为"鹳雀楼"，登临作赋者依然络绎不绝，而此刻的文人们表达的则更多的是对鹳雀楼的惋惜。

2002年9月，新的鹳雀楼在永济市的黄河东岸、蒲州古城城南重建落成。高达70多米的巨楼虽说不失壮观，然而，如同黄鹤楼等现代重建的名楼一样，总是欠缺了些历史沧桑感。而且由于新楼距离黄河尚远，周围皆为田地，即便登高极目远眺，也看不到"黄河入海流"了。

望洞庭湖赠张丞相

〔唐〕孟浩然

八月湖水平，涵虚混太清。

气蒸云梦泽，波撼岳阳城。

欲济无舟楫，端居耻圣明。

坐观垂钓者，徒有羡鱼情。

　　此诗为孟浩然投赠给丞相张九龄的干谒（yè）诗，希望能得到张九龄的赏识、举荐。首联写远眺湖面，秋水上涨几乎与岸齐平，浩瀚的湖水与天空浑然一体。颔联从湖面写到湖中倒映的景物：笼罩在湖上的水汽蒸腾，吞没了云、梦二泽，涌起的洪波震撼着整个岳阳城，由湖面的广阔写到水的声势浩大。颈联转为抒情，写自己想渡河却没有船只，想闲居在家却愧对这个太平盛世。此两句暗含着向张丞相剖白自己内心的意思：想出仕做官，只是苦于没有门路。尾联更进一步，巧妙化用"临渊羡鱼，不如退而结网"的古语，表现自己对那些可以为国效力之人的羡慕。全诗写得委婉含蓄，表现了诗人渴望做出一番事业的积极追求。

气蒸云梦泽，波撼岳阳城：岳阳的前世今生

岳阳名称由来

"岳阳"古称"巴陵"，又名"岳州"。"岳阳"一词最早出现于颜延之的诗句"清氛霁岳阳，层晖薄澜澳"中，这里的"岳阳"指的是天岳山以南。后来，岳州辖区内建立了岳阳县、岳阳郡，再加之文人笔下岳阳文化的深厚影响，"岳阳"后来成了行政区划的名字。

岳阳在哪？

岳阳市是湖南省的地级市，位于湖南的东北部，是湖南唯一的一座临江城市。岳阳于公元前505年建城，距今已有2500多年的历史，西接洞庭湖，东临幕阜山，地处长江中游南岸，依山傍水，风景秀丽。岳阳城中浩瀚的洞庭湖，与文人骚客流连忘返的岳阳楼，共同铸就了岳阳在历史上深厚的文化地位。

岳阳的前世今生

早在远古时期，岳阳地区就有人类在活动，到了商代，岳阳已经出现了城的雏形。巴陵古城始于东汉末年，为周瑜草创，后由鲁肃修筑，用以囤积粮草以备军用；晋武帝灭吴后，设立了巴陵县，自此，岳阳（巴陵）成了一座名副其实的城市；南朝宋文帝

建巴陵郡，重新改建城池；后隋文帝改巴陵郡为岳州，隋炀帝改岳州为巴州，元世祖改为岳州路，明太祖改为岳州府……岳阳在不断更改名字，我们也可以看作这是岳阳政治文化地位不断提升的表现。

从古至今，有众多文人墨客在岳阳留下诗文。孟浩然"气蒸云梦泽，波撼岳阳城"，描绘出洞庭湖的波涛汹涌；魏永贞"洞庭天下水，岳阳天下楼"表现出岳阳城中两大景观——洞庭湖与岳阳楼的重要地位；还有屈原的"袅袅兮秋风，洞庭波兮木叶下"，陈与义的"洞庭之东江水西，帘旌不动夕阳迟"……这些诗词千古传颂，也使得岳阳城驰名古今。

岳阳凭借悠久的历史，于1994年由国务院公布为第三批历史文化名城。如今，在洞庭湖与长江的交汇处的岳阳城，可能不复"气蒸云梦泽"的壮阔景致，但仍可以在洞庭湖畔，观巴陵盛状。

出 塞

〔唐〕王昌龄

秦时明月汉时关，万里长征人未还。

但使龙城飞将在，不教胡马度阴山。

　　《出塞》是王昌龄早年赴西域时所作的一首诗，内容主要为表达边战不断，国无良将的感慨。首句以明月和关塞勾勒出边疆的辽阔，又以"秦时""汉时"加以修饰，赋予了边关悠久的历史感。"万里长征人未还"从空间的角度点明边塞的遥远，也承接上一句，表现了从秦汉到如今，守边御敌的将士还没有回来。后两句写出了战士们保家卫国的壮志，也表现了诗人对朝廷用人不当和将帅无能的不满。

但使龙城飞将在，不教胡马度阴山：龙城和阴山为什么那么重要？

龙城在哪？

龙城古称"茏城"，是音译过来的。龙城是匈奴祭天祭祖的地方，也是匈奴人的政治中心。在《史记》《汉书》等古籍中，多处出现龙城的记载，尤其是《史记·匈奴列传》中记载："岁正月，诸长小会单于庭，祠。五月，大会茏城，祭其先、天地、鬼神。"单于庭指的是匈奴的首都，"茏城"就是首都中专门用来祭祀的地方。之后，人们用龙城泛指辽西地区。本诗中"龙城"是作为借指边关边城、泛指边塞边境的典故词语使用的。

2020年7月，蒙古国宣布，匈奴单于庭"龙城"——三连城遗址，在蒙古国中部地区杭爱省被找到。之所以叫"三连城"，是因为它由三座城连到一起组成，但并不是紧密地连在一起，而是城和城之间有一定的间距，三座城市是并排着建在一起的。

在一个簸箕形的山谷当中，三座城连在一起，它们的朝向是一致的，规划是一致的，甚至建筑布局也是一致的。它们都是在城的居中部位，建有一个大型的建筑台基，围绕着建筑台基的西南方向，分布着四个小型的建筑台基。而其他地方，则是完全空荡的。由于这三座城的建筑台基都设计为统一的规格，所以，它们的功能应当是一样的，而且是有着特殊的功能。

三连城的选址也非常讲究。从小环境来看，它的周边是水草丰美的大草原；从大环境来看，如果将这座城放在整个蒙古高原，它恰恰位于蒙古高原最中心的位置。

匈奴"龙城"是祭祀场所

考古队在三连城中只发现了这几座建筑台基，它们是当时举行祭祀的地方。除此之外，没有发现其他建筑遗址。经过研究，考古队认为这座城市是没有固定居民的。当匈奴人要在这个城市举行大型祭祀活动时，人们来到城市中，住在移动的毡帐里。等到城市的功能履行完毕之后，人们便可能离开这个城市，返回到原来生活的地方去了。同时这些毡帐也就撤走了。因此，在这个城市遗址当中，便不会留下任何居住的痕迹。所以，匈奴人的"龙城"并不是给老百姓住的，而主要是完成祭祀仪式的一个场所。

阴山在哪?

阴山是中国北部一条横跨东西的连绵不绝的山脉，在匈奴语中，被称为"达兰喀喇"，意思是七十多个山头。这些山头横亘于我国内蒙古中部，从地图上看恰似位于黄河大"几"字上方，东西绵延1200多公里。

阴山山脉有一个非常显著的特征，南北坡度非常不对称，北坡缓缓滑向内蒙古高原，南坡却陡降至河套平原，落差约千米，我国著名的稀土矿——白云鄂博矿区就位于阴山以北。

阴山山脉也是我国重要的地理分界线，是温带半干旱和干旱气候的过渡地带，是游牧文明与农耕文明的分界线。阴山南北气候差异比较大，阴山以北降水少，以牧业为主；阴山南部较湿润，又有黄河之水滋润，农牧皆宜。阴山之南就是"黄河九曲，唯富一套"的河套平原，如今这里是宁夏与内蒙古重要农业区和产粮基地。

军事重地——阴山

阴山之所以如此出名，是因为它在历史上重要的战略地位。在漫长的历史中，阴山相当长时期是中原农耕民族和蒙古高原游牧民族两方势力极力争夺的前沿阵地。对游牧民族来说，阴山相当于他们的生命线。若农耕民族占据阴山一带，游牧民族将被迫退往漠北；若游牧民族占据阴山南麓，拥有肥沃的河套平原，就会实力大增，而中原则失去屏障、门户大开，对农耕民族造成的威胁也是非常巨大。在历朝历代，但凡中原农耕民族据有阴山，必设重镇而守之。

秦朝时，蒙恬率军打败匈奴，夺下阴山之南的河南地，筑朔方城，设朔方、云中、九原等郡。秦末乱世，楚汉相争，匈奴趁机又夺回阴山，实力大增，刚建立的汉朝都只能避其锋芒，以和亲相抚。直到汉武帝时，出了两位战神级别的大将卫青和霍去病，奇袭龙城、封狼居胥，才最终将阴山彻底夺回，将阴山南麓的河套平原牢牢掌握在手中。

在游牧民族心目中，阴山不仅仅是一座座山峰，而是他们心中的"圣山"，作为一种生存的保障、精神的寄托而存在。汉朝时，匈奴冒顿单于将阴山地区作为其核心根据地，足见其重要性。后来匈奴失去阴山，"过之未尝不哭也"。

芙蓉楼送辛渐

〔唐〕王昌龄

寒雨连江夜入吴，

平明送客楚山孤。

洛阳亲友如相问，

一片冰心在玉壶。

　　《芙蓉楼送辛渐》是唐代诗人王昌龄的一首七言绝句。第一句从昨夜的寒雨着笔，一夜连江寒雨，营造了别离的伤感氛围。第二句的一个"孤"字更加重了离别时的孤寂之情。三、四两句是临别时作者托辛渐带给洛阳亲友的口信："一片冰心在玉壶"不是通常的报平安，而是以冰心、玉壶自喻，表达出自己的内心依然像一颗珍藏在玉壶中的冰一般晶莹纯洁，传达出自己坚持操守的信念。

洛阳亲友如相问，一片冰心在玉壶：芙蓉楼因芙蓉花得名吗？

芙蓉楼在哪？

芙蓉楼有两处，分别在江苏镇江和湖南洪江，此诗中的芙蓉楼为镇江芙蓉楼。据《江南名城镇江》记载，古时的芙蓉楼是由东晋刺史王恭在京口月华山西北改建，原名为西北楼。因楼前有人工湖，湖里种着大片芙蓉，后改名为芙蓉楼。古时原楼已被焚毁，样式、大小都不清楚，只能凭借诗句想象。

芙蓉楼建筑主体

现在我们看到的芙蓉楼建筑群是1992年复建的，坐落在金山天下第一泉的塔影湖滨，建筑群由芙蓉楼、冰心榭、掬月亭及三座石幢（刻有经文、图像或题名的大石柱。有座有盖，状如塔）组成。芙蓉楼为一座重檐歇山仿古式建筑，上下两层，五开间，高19米。芙蓉楼二层作为贵宾接待室，有红木落地罩，漆画屏风，木方格天花，红木仿古家具，外有挑出的1.6米环楼走廊，可以远眺外景。

芙蓉楼两侧有两座仿古建筑与中心的芙蓉楼之间用回廊贯穿起来，主楼北面的冰心榭是展示茶艺的场所，底部由水中出立柱，看上去像漂浮在水面似的。外立面用古铜色铝合金门窗和玻璃砖装饰，榭的东面是卷棚抱厦，其临荷花池，是赏花佳处。主楼南面是掬月亭，六角攒尖顶，与冰心榭一样由水中出立柱，亭旁水中有三座汉白玉石幢，幢中装灯，夜间将灯点亮，灯影与水结合，溟漾渺弥，称为"三幢月影"。

新建的芙蓉楼在湖西岸，与东部的金山相呼应，主楼中轴线为东西向，赏景主要方向朝东，这样就有很好的景观角度：近可看镇江城的山景水态，以东部的金山和慈寿寺塔为对景，赏湖中朝霞和明月；远可眺长江边上的扬州古城。

为什么要建三座石幢？

芙蓉楼建筑群中的三座石幢是为纪念黄天荡战役牺牲的英烈们而建，黄天荡战役是南宋时期宋军截击金军的著名水战。当时南宋初建，金国元帅完颜宗弼率领大军侵犯南宋的疆土，一路打到南京。这时南宋民族英雄韩世忠、梁红玉夫妇，率领宋军赶来焦山抵抗金军，用八千人对抗金军十万人。韩世忠因了解金国人生长在北方，不擅长在水上打仗，于是准备了战船，率领宋军在镇江市内的长江上阻击金军。韩世忠命宋军用大铁钩钩住金军的船并把船掀翻，金军仓皇失措；梁红玉擂鼓指挥、助阵，宋军士气大振，奋勇杀敌，大败金军。剩下的金军不敢渡江，被困在一个叫黄天荡的地方48天，最后完颜宗弼施展诡计才带着金兵逃脱。此战意义非凡，既激起了江淮百姓的抗金情绪，也使百姓看到了金兵并不可怕。此战后，金军再不敢轻易渡江，南宋半壁江山暂时得以保全。现如今石幢所处的镇江金山就是当时战场的所在地。

29

送元二使安西

〔唐〕王 维

渭城朝雨浥轻尘，

客舍青青柳色新。

劝君更尽一杯酒，

西出阳关无故人。

　　《送元二使安西》是唐代诗人王维的一首送别诗。前两句交代了送别的时间、地点和环境气氛。停歇的朝雨，润湿了尘土飞扬的地面。客舍、杨柳本是离别的象征，此时别具明朗清新的风貌。洁净的道路、青青的客舍、翠绿的杨柳，构成了一幅色调清新明朗的图景，也透露出这深情的离别不是黯然销魂的，而有一种轻快、富有希望的情调。三、四两句写惜别，作者剪取饯行宴席即将结束时主人的劝酒辞："再干了这一杯吧，出了阳关，可就再也见不到老朋友了。"其中包含着对远行者的不舍、深情关心以及前路珍重的殷切祝愿。

劝君更尽一杯酒，西出阳关无故人：阳关是中国最早的"海关"吗？

阳关在哪？

阳关是汉武帝击退匈奴之后"列四郡，据二关"的产物，设在敦煌城西南79公里的"古董滩"上，在今甘肃敦煌市西。阳关与玉门关南北呼应，为汉王朝防御西北游牧民族入侵的重要关隘，也是丝绸之路上，中原通往西域及中亚等地的重要门户。同玉门关一样，阳关在唐朝之后随着丝绸之路的衰落而逐渐废弃，现在已经被黄沙掩埋，只能看到断壁残垣的痕迹。

中国最早的"海关"

在古代，人们以北为阴，以南为阳。因为阳关在玉门关之南，所以称为阳关。它曾是中国汉唐时期重要的边塞关隘和最早的海关，为保疆安民、维护西域稳定，保障丝绸之路畅通起到了重要的作用。

通过历代文人的吟唱，"阳关"成为人们告别故土亲人、出征远游、表达离情别绪的场所。为了祝福远行的亲友，人们寄希望于阳关道成为宽阔、平坦的"阳关大道"，于是"阳关大道"就渐渐成了希望大道、光明大道、康庄大道的代名词。

阳关现存遗址

阳关景区现存有汉唐时期的古关、古城、古烽燧、古水源、古道、古塞墙、古墓葬、古陶窑等众多文物遗址。为了更好地保护这些文物遗址、传承发扬敦煌文化，景区内兴建了阳关博物馆。阳关博物馆整体呈现仿汉建筑风格，是中国西北地区最大的景点式遗址博物馆。馆藏文物丰富，陈展风格新颖，能够系统地反映汉唐时期敦煌及阳关的繁华与变迁。

敦煌阳关景区名胜荟萃，是敦煌文物分布最为密集的地方之一，主要由距今两千多年的历史文物遗址、沙漠绿洲自然景观和现代人文景观组成。阳关博物馆位于景区中心地带，南距烽燧遗址800米，又南有古董滩，阳关遗址即在此滩。东有唐寿昌城及出天马的汉渥洼池故址。向西南行，丝路南道在群峦叠嶂中蜿蜒延伸。附近的沙漠森林公园林荫茂密，古木参天，且多暗泉、溪流，潺潺流淌。登高远眺，阿尔金山（古名金鞍山）之皑皑白雪、浩瀚戈壁、苍茫大漠的宏阔壮丽景色尽收眼底。汉晋墓葬群数量众多，布满四周，加之有雄浑壮美的大漠绿洲自然景观辉映其间，整个景区蔚为壮观。我们游览阳关景区，可以亲身领略大汉盛唐历史文化的灿烂与辉煌，欣赏大漠自然风光的奇险与广阔，体验风土人情的淳朴与自然。

古代阳关向北至玉门关一线有70公里的长城相连，每隔数十里即有烽燧墩台，阳关附近亦有十几座烽燧，尤以古董滩北侧墩墩山顶上的烽燧最大，地势最高，保存比较完整。凭借这座墩墩山，远近百里风物尽收眼底。阳关烽燧遗迹处在阳关的制高点，它是阳关历史唯一的实物见证。这座烽燧采用几层土块一层芦苇的方式层层叠压夯筑而成，现残高4.7米左右，底宽7米左右，顶宽6米左右，攀登峰顶，方圆数十里，尽收眼底，故称"阳关耳目"。阳关地区烽燧以"十"字形分布，有别于玉门关地区烽燧"一"字形分布的形式。在古代建关，选址非常讲究，阳关也不例外。据考古学家研究，阳关占据着"一夫当关，万夫莫开"的险要地势。这里水源充足，具有渥洼池和西土沟这两大独立水源，军士借此水而生息。而在茫茫戈壁上，控制了水源，也就控制了关隘通道。

蜀道难

〔唐〕李 白

噫吁嚱，危乎高哉！蜀道之难，难于上青天！蚕丛及鱼凫，开国何茫然！尔来四万八千岁，不与秦塞通人烟。西当太白有鸟道，可以横绝峨眉巅。地崩山摧壮士死，然后天梯石栈相钩连。上有六龙回日之高标，下有冲波逆折之回川。黄鹤之飞尚不得过，猿猱欲度愁攀援。青泥何盘盘，百步九折萦岩峦。扪参历井仰胁息，以手抚膺坐长叹。

问君西游何时还？畏途巉岩不可攀。但见悲鸟号古木，雄飞雌从绕林间。又闻子规啼夜月，愁空山。蜀道之难，难于上青天，使人听此凋朱颜！连峰去天不盈尺，枯松倒挂倚绝壁。飞湍瀑流争喧豗，砯崖转石万壑雷。其险也如此，嗟尔远道之人胡为乎来哉！

剑阁峥嵘而崔嵬，一夫当关，万夫莫开。所守或匪亲，化为狼与豺。朝避猛虎，夕避长蛇，磨牙吮血，杀人如麻。锦城虽云乐，不如早还家。蜀道之难，难于上青天，侧身西望长咨嗟！

这首诗是李白袭用乐府旧题所作的赠友诗，全诗想象奇特，笔意纵横，豪放洒脱。诗人大体按照从古及今，由秦入蜀的线索来写。从"噫吁嚱"到"相钩连"，叙述了蜀道的起源，用古蜀国和五丁开山的神话故事点染了离奇的色彩，为全诗定下豪放的基调。从"上有六龙回日之高标"到"使人听此凋朱颜"极写山之高危，不仅用"高山接天""冲波回川"直接描写，又借"黄鹤""猿猱"反衬，还想象行人如果身处其中的紧张和艰难，只能"以手抚膺坐长叹"。至此，蜀道之难行似已写到尽头，但诗人笔锋一转，借"问君"引出"旅愁"，将读者带入一个古木荒凉的世界。最后写蜀中要塞剑阁，化用西晋张载《剑阁铭》中的"形胜之地，匪亲勿居"，表达了对国事的忧虑和关心。

蜀道之难,难于上青天:蜀道究竟指哪条道?

蜀道在哪?

"蜀"字初见于商代的甲骨文,像大眼睛的虫子。后来四川盆地又得名为"蜀"。"蜀道"广义上说,可以指通往四川的道路,但狭义上说,"蜀道"具体是指连接陕西关中平原与汉中盆地、四川盆地的道路。目前能考证的广义蜀道有:秦蜀、陇蜀、滇蜀、鄂蜀和茶马古道。蜀道涉及陕西西安,四川广元、绵阳等11个城市,全长1000多公里。汉中地区的蜀道贯穿南北,记录着三千年来的历史变迁。

蜀道的前世今生

蜀道是古代秦、蜀两国之间的道路,是古代关中通往汉中、巴蜀的道路,从秦惠王伐蜀算起,蜀道至少存在了三千多年。春秋战国时期,蜀道被称作"栈道",而"蜀道"这一名称最早见于三国时期的历史文献中。三国时诸葛亮高度重视对蜀道的建设与维护,巴蜀地区一直为曹操、刘备两军争夺,并发生了著名战役——汉中战役,这场战役促成了三国鼎立的局面,也见证了蜀道重要的军事地位。蜀道也是汉唐时期长安、洛阳通向四川的道路,是全国交通的动脉。

蜀道是中国古代联结中原与西南的重要节点,尤以战国时期、三国时期、南北朝时期、唐至北宋、南宋与蒙古对峙期间利用最多,并主要作为军事通道存在。

现在秦巴山区沿袭着七条古栈道,其中秦岭有四条:故道、褒斜道、傥骆道、子午道,以及巴山中的三条栈道:荔枝道、米仓道、金牛道。李白《蜀道难》所描述的便是金牛道,而其中最著名的一条蜀道,是唐玄宗派快马为杨贵妃运送荔枝所走的荔枝道。

蜀道本是地理概念,当人们处于它特有的地理空间并被不断刺激下,逐渐形成了"蜀道"这一文学形象,并以"蜀道难"的形式出现。我国古代有关"蜀道"的诗词不计其数。2011年,蜀道申遗在四川广元启动;2016年1月,四川省将武侯祠、杜甫草堂、金沙遗址、邛窑遗址、王建墓、朱悦燫墓和明蜀王陵墓群等七处文化资源纳入蜀道,并申请世界自然与文化双重遗产。

"世之奇伟、瑰怪、非常之观,常在于险远。"蜀道作为四川与中原联系的要道,是中国道路发展的见证,具有极高的科学价值和历史价值。

峨眉山月歌

〔唐〕李 白

峨眉山月半轮秋，

影入平羌江水流。

夜发清溪向三峡，

思君不见下渝州。

　　此诗写于李白初离蜀地之时。首句从山月写起，点出远游的时节——秋天，月虽半轮，但秋高气爽，月色皎洁，营造了青山月明的优美意境。次句写月影映入流水，又随江水流去，增加了动态之美。第三句写自己此时正连夜从清溪出发，驶向三峡，与末句的"思君不见下渝州"共同表现出乍离故土的诗人对朋友、亲人的恋恋不舍。此诗的核心意象是寄托思念之情的"明月"，全诗凡有月之处，皆有江行离别的不舍，表达含蓄但令人感动。

峨眉山月半轮秋：峨眉山为什么被称为"山之领袖"？

峨眉山在哪？

峨眉山又称"大光明山"，位于四川省的中南部，峨眉市西南，处于四川盆地向青藏高原的过渡地带，最高峰是万佛顶。"峨眉山"名字的由来，据《峨眉郡志》记载，因其像美人细长的眉毛所以取名叫"峨眉山"。峨眉山以其优美的自然风光和神话般的佛国仙山而驰名中外，美丽的自然景观与悠久的历史文化内涵完美结合，相得益彰，享有"峨眉天下秀"的盛誉。

峨眉山建筑遗产

相传汉代峨眉山就已经有佛寺存在，但据《峨眉山志》记载，峨眉山上的佛寺，实际是以魏晋年间僧肇所建黑水寺为最早。晋朝隆安三年（399），慧持和尚从庐山入蜀，在此修建普贤寺，供奉普贤菩萨，相传峨眉山由此成为普贤菩萨道场。唐僖宗时敕建永明华藏寺，重建中峰、中心、华严、万年、黑水、灵岩六大寺。又因为山中多火，将寺改名为集云、卧云、归云、黑水、白水等，以三云二水而抑之。后来黑水寺被称为峨眉祖堂。北宋太平兴国五年（980），白水寺僧茂真奉敕重建六大寺，并铸造普贤菩萨铜像一尊，供奉于白水寺（即今万年寺）。峨眉山寺庙林立，以报国寺、万年寺等"金顶八大寺庙"最为著名。

寺庙的建筑艺术是峨眉山佛教文化的突出体现,它与这座"秀甲天下"的名山的自然景观融为密不可分的整体,成为风景明珠。全山现有寺庙三十余处(其中规模大、历史悠久的主要寺庙十余处)。建筑具有地方传统民居风格,装修典雅,朴实无华,因地制宜,依山就势,各具特色。无论选址,设计和营造都别具匠心,既有庙堂之严,又富景观之美。其技艺之高,堪称中国名山风景区寺庙建筑艺术的典范。

此外,景区内以唐代摩崖造像——大佛(又称"乐山大佛")为中心,有秦蜀守李冰开凿的离堆,汉代崖墓群,唐宋佛像、宝塔、寺庙、明清建筑群等,展现着中国历代佛教文化的发展历程。

峨眉山自然风光

以自然风光优美、佛教文化浓郁而驰名中外的峨眉山,以其"雄、秀、神、奇"的特色,雄踞于中国名山之列,并成为其中的佼佼者。

雄:峨眉山在四川盆地西南缘平地拔起,与五岳中最高的华山相比,仍高出一千多米,所以历代称其"高凌五岳"。峨眉主峰三峰并立,直指蓝天,气势磅礴。登顶眺望,或群山叠叠,或云海茫茫,变幻无穷,令人心旷神怡。李白有"蜀国多仙山,峨眉邈难匹,周流试登览,绝怪安可悉"之千古诗篇。古人有"震旦国中,峨眉者,山之领袖"之惊世绝唱。

秀:峨眉山处于多种自然要素交汇地区,植物垂直带谱明显，植物种类繁多，类型丰富，植被覆盖率较高。山中峰峦叠嶂，林木繁茂，郁郁葱葱，山体轮廓优美，线条流畅，景色多姿多彩。在天下各大名山中，其繁茂的植被景观，堪称第一。

神、奇：峨眉山作为普贤道场，浓郁的佛教文化色彩使它笼罩在一片神秘的宗教气氛之中。而神话传说，以及戏剧、音乐、绘画、武术等的渲染与传播，使这座佛国仙山的神奇色彩更加浓郁。在漫长的历史长河中，峨眉山的佛教文化、寺庙建筑与自然景观有机地巧妙地融合在一起，这在中国名山中实为首屈一指。峨眉山奇特的气象景观如金顶的云海、日出、佛光、圣灯、朝晖、晚霞，以及雷洞烟云、洪椿晓雨、大坪霁雪、雨湘雾湘等，千变万化，绚丽多彩，堪为中国名山之首。

1996年12月，峨眉山—乐山大佛被联合国教科文组织批准为"世界文化与自然遗产"，列入《世界遗产名录》。

闻王昌龄左迁龙标遥有此寄

〔唐〕李 白

杨花落尽子规啼，闻道龙标过五溪。

我寄愁心与明月，随风直到夜郎西。

　　此诗是李白为好友王昌龄贬官而作，以表达慰藉同情之意。首句以含有飘零之感、离别之恨的杨花、子规起兴，融情入景，渲染悲凉哀伤的氛围。次句直叙其事，点明愁的由来。后两句直接抒情，"我寄愁心与明月，随风直到夜郎西"，作者以丰富的想象让自己对朋友的"愁心"随风逐月，给那不幸的贬谪之人带去一些安慰和温暖。情感真挚而表达新巧，不愧为"奇句"。

我寄愁心与明月，随风直到夜郎西：夜郎国真的存在过吗？

夜郎国历史概况

夜郎是中国西南地区由少数民族的先民建立的第一个国家。西汉以前，夜郎国名无文献可考。夜郎之名第一次问世，大约是在战国时期。据东晋常璩《华阳国志》记载，楚襄王（前298—前262）派军"以伐夜郎王"。西汉成帝河平年间，夜郎王胁迫周边二十二邑反叛汉王朝，为汉朝牂牁（zāng kē）太守陈立所杀，夜郎也随之被灭，前后存在约三百余年。

夜郎人的自然观

古夜郎人生存的山地环境孕育了他们顺应自然、与生态环境和谐相处的心理，并由此形成了自觉保护环境的意识。夜郎人及其后裔凡居住于乡村者，房前屋后大都喜种竹木，禁伐山林。至今这一内容仍是各个世居民族乡规民约中不可或缺的内容，这些都体现出夜郎文化中天人合一的自然观，以及自觉保护生态环境的文化精神。

夜郎国"小""大"之争

千百年来流传着这样一句古语："夜郎国甚小，以其无见识，而已独大也。"在人们的记忆中也存在着"夜郎自大"这一成语。那么历史上的夜郎国真的很小吗？当然不是了。据史料推测，夜郎的核心在如今的贵州黔西南一带，而统领面积包括了如今的云南、贵州以及四川部分地区，面积加起来大概有70万平方公里，只是与同时期的汉朝600万平方公里的面积相比较小而已。夜郎国是少数民族在中国西南地区建立的第一个国家，就如同秦始皇统一六国一样，统一了周边所有的部落。《史记》中这样记载道："西南夷君长以什数，夜郎最大。"夜郎确实是当时中国西南地区最大的国家，而夜郎国的统治制度不同于中原地区的大一统，而是周边许多小的部落附庸夜郎，构成了一个庞大的夜郎联盟。

夜郎国遗址之争

夜郎古国的具体位置史籍记载都很简略，只说其"临牂牁江"，其西是滇国。牂牁江是汉代以前的水名，今人根据其向西南通抵南越国都邑番禺（今广州）的记载，考订为贵州的北盘江和南盘江。多数人认为，夜郎国的地域，主要在今贵州的西部，可能还包括云南东北、四川南部及广西西北部的一些地区。在考古发掘未提供出可靠证据前，这样的争论必然还将继续下去，目前对夜郎国遗址争议较大的有以下三处：

贵州长顺县广顺古镇：金竹家族的后代仍然生活在贵州的广顺，现在改为汉姓金。金竹夜郎时的王府就坐落于郎山、夜合山、摆脱山、金竹大坡怀抱中，当地居民称之为竹王府、金王府等。古城池内大约2平方公里，是目前发现最大的金家遗屯。郎山西侧山下有被官兵杀害的全族人的万人坑，东边南湖有箭厂及营地等。民间在耕地时挖出的金剑、方印、青铜匙等多种文物，曾为村民所目睹，杜鹃湖在基建时也挖出多处古夜郎的坟墓，保存完好。

贵州毕节赫章县可乐民族乡：在最近发现、整理、翻译、出版的《夜郎史传》等彝文文献中，古夜郎的中心被指为可乐。新中国成立后，考古学家还在可乐发现了大量的战国、西汉、东汉文物，出土的钱币数万枚，还有大量陶片及石器等。

湖南沅陵：考古学家在湖南怀化沅陵发现了一个巨型墓葬群，其年代在战国至汉代之间。专家推断，墓主可能就是夜郎王，而沅陵有很长一段时间为夜郎古国文明中心。他们提出了自己的依据。唐代大诗人刘禹锡于唐永贞元年（805）被贬朗州（今湖南常德），期间作《楚望赋》云："武陵故郢之裔邑，夜郎诸夷杂居。"唐代大诗人李白所作《闻王昌龄左迁龙标遥有此寄》："杨花落尽子规啼，闻道龙标过五溪。我寄愁心与明月，随君直到夜郎西。"《唐人七绝诗释》一书为这首诗注解时特别说明："此夜郎在今湖南省沅陵县。"

梦游天姥吟留别

〔唐〕李 白

海客谈瀛洲，烟涛微茫信难求。越人语天姥，云霞明灭或可睹。天姥连天向天横，势拔五岳掩赤城。天台四万八千丈，对此欲倒东南倾。

我欲因之梦吴越，一夜飞度镜湖月。湖月照我影，送我至剡溪。谢公宿处今尚在，渌水荡漾清猿啼。脚著谢公屐，身登青云梯。半壁见海日，空中闻天鸡。千岩万转路不定，迷花倚石忽已暝。熊咆龙吟殷岩泉，栗深林兮惊层巅。云青青兮欲雨，水澹澹兮生烟。列缺霹雳，丘峦崩摧。洞天石扉，訇然中开。青冥浩荡不见底，日月照耀金银台。霓为衣兮风为马，云之君兮纷纷而来下。虎鼓瑟兮鸾回车，仙之人兮列如麻。忽魂悸以魄动，恍惊起而长嗟。惟觉时之枕席，失向来之烟霞。

世间行乐亦如此，古来万事东流水。别君去兮何时还？且放白鹿青崖间，须行即骑访名山。安能摧眉折腰事权贵，使我不得开心颜！

744年，李白在长安受到权贵排挤，被放出京。他返回东鲁，之后就踏上漫游的旅途。这首记梦诗就创作于他即将离开东鲁南游吴越之时。诗的开头，写入梦的缘由：富有神秘色彩的天姥山，高峻挺拔，在云海中时隐时现。从"我欲"一句开始，诗人集中写梦境：飞过镜湖、飞到剡溪，登上青云梯。一路写来，梦境展开，雄奇瑰丽的景象也展现在读者的面前：渌水荡漾、猿啼凄清、海日升空、天鸡高唱，山花迷人、熊咆龙吟……这奇异的意境已让人感到惊骇。突然间，景象又起变化："列缺霹雳，丘峦崩摧。洞天石扉，訇然中开。"天门打开，将我们带入了绮丽的神仙世界：在一望无际的透明不见尽头的天空中，显现出被日月照耀的璀璨的金银楼台。这几句由奇入幻，由幻转仙，境界巨变。而后，又用浓墨重彩渲染仙境的缤纷热闹："霓为衣兮风为马，云之君兮纷纷而来下。虎鼓瑟兮鸾回车，仙之人兮列如麻。"梦境写到这里，达到最高点。紧接着急转直下，仙境倏忽消失，梦境旋即破灭。梦醒后的诗人不禁感慨"世间行乐亦如此，古来万事东流水"，最能抚慰人心的只有那自然山水，所以要"且放白鹿青崖间，须行即骑访名山"。最后两句"安能摧眉折腰事权贵，使我不得开心颜"是李白追求自由，张扬"不屈己，不干人"的理想人格和蔑视权贵的叛逆性格的集中体现，也是全诗的灵魂。

古诗词里的地理名胜

越人语天姥, 云霞明灭或可睹: 天姥山上住着神仙吗?

天姥山名称由来

天姥山古称天姥岑,"天姥"即"天母"。历史上关于"天姥"这个名字的由来,一直众说纷纭。一说登山的人能听到仙女唱歌的声音,故名天姥山。一说天姥山是王母娘娘的行宫,所以才叫天姥山。据南朝刘义庆集结门客所撰写的志怪小说《幽明录》中说:剡人刘晨、阮肇到天姥山采药,不觉天色已晚,就摘桃充饥,在溪边遇到两位秀丽女子。刘、阮二人被邀请到家,与二位仙女结为夫妻。半年后,二人回家探亲时却发现已经过去了几百年时间。刘、阮遇仙女所在的地方,道教称之为天姥。而本诗中的天姥山,更多的是现实中的天姥山在李白梦中的浪漫折射。

天姥山在哪?

天姥山位于浙江省绍兴市新昌县儒岙镇旁,钟天地之灵秀,景色奇绝,自古就有仙人在此出没的传说,被道家称为第十六福地。天姥山与天台山相对,峰峦耸峭,仰望如游天穹,俯察如入云海,引得古今无数求仙问道之人到此寻觅仙踪。

"谢公道"与天姥龙潭

天姥山中名胜繁多,古迹遍布,古驿道、桃园仙境、万马竞渡、天姥龙潭与刘门山等地方构成了天姥山景色的主体,而其中最为引人入胜的景点当属古驿道和天姥龙潭。

古驿道从嵊州黄泥桥进入新昌境内,出新昌城旧东门直到天台县界,全长45公里,似一条蜿蜒曲折的天路。天姥寺的山路与会岭的石阶路至今仍保留着古驿道的原貌。驿道自桃源至天姥,又到关岭一段为晋朝诗人谢灵运开拓,被称为"谢公道"。据说李白就是沿着这条路三游天姥山的。

天姥龙潭则由多个形状奇特、姿态怪异的深潭组成。自儒岙镇庄山自然村进入,只行片刻,景色豁然现于眼前。危崖壁立,林木繁茂,怪石嶙峋,瀑布星罗。虎哮瀑势力如虎吼,龙吟瀑声如龙嘶。含羞瀑、跨马瀑形态各异,水面澄澈。山中有两大名潭,一个被称为"哒粥潭",潭面上水花四溅,似一锅刚煮开的粥;另一个叫"跌落水",那潭水从几十米高的削壁上陡然而泻,疑似银河。山中怪石终日受潭水冲刷,形态各异,似锅碗瓢盆者有,似刀枪剑戟者亦有,加之天姥山中终年不散的云雾,这更为仙人在此生活过留下了有力的"证据"。

山不在高,有仙则名。天姥山虽不及天台山高绝,却因独有仙山景致和仙人传说,令古人沉醉,令今人叹绝。

天姥山的前世今生

天姥山在古人心中，一直是神仙的居所。纵览《全唐诗》收录的两千余位诗人中，写过天姥山的就有四百五十多位，关于天姥山的诗篇足足有一千五百多首，而具有封禅祭天地位的泰山，仅有一百余首相关诗篇，可见唐朝诗人的浪漫脱俗。

天姥山是李白青年时代就向往的地方，他说"此行不为鲈鱼鲙，自爱名山入剡中"，可见李白对仙人踪影的求觅之心。实际上早在魏晋南北朝，天姥山就已经与神仙居所的称号紧紧联系在一起。谢灵运诗曰："暝投剡中宿，明登天姥岑。高高入云霓，还期那可寻？"从中可窥得那时古人心中的天姥山已然高耸入云，似登天之梯。南朝宋元嘉年间，宫廷闻天姥美名，故遣画师绘制峰峦于团扇之上，日夜把玩，以此瞻仰仙息。

自魏晋到近代，天姥山寄托了太多古人的得意或失意，逍遥与难熬。它早已经不仅仅是一座仙山，在古代文人墨客心中，它更是一座不可逾越的精神高峰。

时间步入现代，世上不再有那么多一心求仙问道的文人墨客，天姥山也从仙人居所变成了旅游胜地。天姥山不再像古时一样充满神秘色彩，但褪去仙名，天姥山依然凭借自身秀丽的风景吸引着众多游客前往游赏。

黄鹤楼送孟浩然之广陵

〔唐〕李 白

故人西辞黄鹤楼，

烟花三月下扬州。

孤帆远影碧空尽，

唯见长江天际流。

    《黄鹤楼送孟浩然之广陵》是李白创作的一首送别诗。前两句中，诗人交代了送别的地点和孟浩然要去的地方：黄鹤楼是天下名楼，"烟花""三月"展现了扬州暮春时节、繁华之地的迷人景色。诗歌开篇没有一般离别诗的悲情，反而展现了一种向往和羡慕之情，奠定了本诗轻快浪漫的基调。诗的后两句写船已经扬帆而去，而诗人还在江边目送远去的风帆。一直看到帆影消失在碧空的尽头，只剩下江水浩浩荡荡地流向遥远的水天交接之处。这两句将李白对朋友的一片深情、向往，体现在这富有诗意的神驰目注之中。寓情于景，极为传神。

故人西辞黄鹤楼：李白登临的黄鹤楼和我们今天见到的黄鹤楼是同一座吗？

黄鹤楼名称由来

黄鹤楼名称的由来有两种说法，一是原楼建在黄鹄矶上，后人念"鹄"为"鹤"，口口相传，于是"黄鹄楼"被传成了"黄鹤楼"。二是带有神话色彩的"仙人黄鹤"传说。据传此地原为辛氏开设的酒店，有一天来了一位衣衫破烂的道士问辛氏要杯酒喝，辛氏急忙盛了一大杯酒奉上。就这样，辛氏请道士喝了半年酒。道士为感谢辛氏，在壁上画了一只神奇的黄鹤，它可以随着音乐起舞助兴，从此辛氏酒店生意兴隆。过了十年，道士前来吹笛演奏，天上落下朵朵白云，壁上的黄鹤随着白云飞到客人面前，然后道士乘着鹤背飞上云天。辛氏为了纪念这位道士，用十年开饭店积攒的钱在黄鹄矶上修建楼阁，取名"黄鹤楼"。

黄鹤楼建筑主体

黄鹤楼为"江南三大名楼"之一，坐落在湖北省武汉市长江南岸的武昌蛇山之巅，濒临长江。其因战乱和天灾多次被毁，其中最密集的时期为明清，七次被毁，重修了数十次，也因此成为重建次数最多的名胜建筑之一。

黄鹤楼集合了各个朝代的特点，同时又加入了现代的元素。

它是用钢筋混凝土等现代建筑材料建造的，主体高51.4米，整体上从第一层就开始向上收缩，有着极强的建筑稳定性，平面为正方形。外观造型看上去为五层，里面实际是九层，是因为中国古代称单数为阳数，九是阳数之首，也与汉字长久的"久"为同音，有着天长地久的意思。

黄鹤楼最大的特色就是各层大大小小的屋顶重叠，60个屋顶翘角层层凌空，每个翘角下都悬着铜质风铃，微风吹来鸣奏着悦耳的声音。屋顶铺设黄色琉璃瓦，仿佛是展翅飞翔的黄鹤。每层楼内外都有许多装饰的壁画图案，以仙鹤为主体，云纹、花草、龙凤为陪衬，内部也陈列着有关黄鹤楼历史的重要文献、诗词和影印本。

主楼周围还有配亭、轩廊、牌坊、铜铸黄鹤雕塑等，采用仿古建筑形式，与山林结合。登临黄鹤楼可远眺长江滚滚东去，俯视周围村镇景色。

黄鹤楼的前世今生

黄鹤楼历经多次重建，由于各朝代的美学理念和技术水平不一，黄鹤楼在各个时期都有着不同的建筑风貌，但是历代之间又都有着一定的延续性。

最早在三国时期，黄鹤楼作为东吴观敌瞭阵的平台，没有华丽的装饰以及大型的建筑规模。到了唐代，其建筑单体有了斗拱飞檐，体现出唐代大气雄壮的建筑特点。那时正值中国的鼎盛时期，黄鹤楼作为长江边著名的建筑，引得中外游客争相游览。到了宋朝，黄鹤楼建筑规模愈加扩大，不再局限于单独一座楼

宇，而修建成由亭台楼阁组合的大规模院落，屋顶形式也修建成当时盛行的十字脊歇山顶（由两个歇山屋顶九十度垂直相交而成）。到了元代，黄鹤楼大体沿用宋代的建筑样式，但是在景观布局方面有了一些变化，在其建筑群边上种植了大量树木，增添了建筑群的庄重氛围。到了明朝，建筑形式整体回归至唐代建筑特点，仍在此基础上有所改变，建筑高度由二层增加至三层，屋顶形式在原有的十字脊屋顶旁边又加了两个小歇山顶（两坡顶加周围廊形成的屋顶式样），还增加了斗拱飞檐的长度和宽度。到了清代，黄鹤楼进行了扩建，为三层八面，内部以五行八卦进行规划设计。现如今我们看到的黄鹤楼是清代晚期遭焚毁后，清政府因国力衰竭使重建进度停滞，中华人民共和国成立以后参照清同治年间所建的原型继续修建而成的。

望天门山

〔唐〕李 白

天门中断楚江开，

碧水东流至此回。

两岸青山相对出，

孤帆一片日边来。

  《望天门山》是唐代大诗人李白创作的一首绝句。首句借山势写水的汹涌：楚江的怒涛好像撞开了"天门"，使它中断而成为东西两山。下一句则借水势衬出山的奇险：浩荡的长江流经两山间的狭窄通道，激起回旋，形成波涛汹涌的奇观。后两句写作者舟行江上，顺流而下，远处的天门两山扑进眼帘，显现出愈来愈清晰的身姿。"出"字逼真地表现了在舟行过程中"望"天门山时特有的姿态；而"孤帆一片日边来"则传神地描绘出孤帆乘风破浪，越来越靠近天门山的情景，表现了诗人豪迈、奔放、自由洒脱的情感。

天门中断楚江开：诗中的天门山在哪里？长江为什么又叫楚江？

天门山在哪？

诗中的天门山在今安徽省当涂县西南长江两岸，东为东梁山（又称博望山），海拔81米，地处当涂县城西南15公里的长江东岸，今属芜湖市。西为西梁山（又称梁山），海拔65米，地处和县城东南30公里的长江西岸，今属和县。两山夹江对峙如门，从远处望去，就像是开了一道天门，故合称天门山。自江中远望，两山色如横黛，宛似蛾眉，又名蛾眉山。两山耸于江畔，如二虎雄踞，又称二虎山。

天门山的自然与人文景观

东、西梁山虽不高，但临江巉岩壁立，陡如刀削。东梁山唯东南坡较缓，有石阶可登。据传山巅曾有古刹，不知何时毁于兵火。西梁山由大陀山和小陀山组成，山前有怒吴阁、龙王宫，山后有普光庵。临江悬崖之上，东晋永和三年（347）王羲之书"振衣濯足"摩崖石刻，至今仍隐约可见。山脚崖上，有明万历三十六年（1608）以后"洪水至此"石刻七处，已成为珍贵的水文研究史料。

天门山下还有两处不可多得的人文景观。一是历史悠久的天门书院，始建于公元1246年，同绩溪桂枝书院，颍州西湖书院，歙县紫阳书院齐名，今已不存。二是别具特色的铜佛寺，依山傍水，风景绝佳。

李白出蜀辞亲远游的次年，乘舟顺江而下时写下这首著名的七绝《望天门山》，这首诗生动地描绘出天门山的风姿，极言春江天门日出奇观之壮美，抒发了诗人挚爱江山社稷的一腔激情。天门山山势陡峭，如刀削斧砍，突兀江中，隔江对峙，真可谓"天门中断楚江开"，二山中又以东梁山最为陡峭，巍巍然砥柱中流，令一泻千里的长江折转北去，形成"碧水东流至此回"的奇特景象。只见遥远的水天相接之处，各种船只从"天门"中穿梭往来，让游人赏不尽大自然这鬼斧神工的美景；船过"天门"顺江而下便可游览诗仙李白江中揽月、骑鲸升天的采石矶和青山太白墓；再往下不远处就是和县乌江镇，可游览生为人杰、死为鬼雄、兵败垓下的西楚霸王项羽庙。

楚江

李白去江东要坐船从楚江东下，这里的楚江是指长江。长江之所以又被称为楚江，是因为在战国时楚国相继灭了长江流域各国，占据了整个长江流域，故古人亦称长江为楚江。

楚江水生生物资源丰富，水域生态类型多样，在促进长江渔业乃至沿江地区经济社会发展、维系长江流域生态平衡和生物多样性、保障国家生态安全方面发挥着重要作用。楚江是我国众多珍稀濒危水生野生动物的重要栖息繁衍场所，拥有白鳍豚、中华鲟、白鲟、江豚、大鲵、胭脂鱼等国家一、二级重点保护水生野生动物，其中白鳍豚、白鲟、达氏鲟、胭脂鱼等为楚江特有物种，在生态进化、军事仿生、考古研究等方面具有特殊的科学参考价值。

早发白帝城

〔唐〕李 白

朝辞白帝彩云间，

千里江陵一日还。

两岸猿声啼不住，

轻舟已过万重山。

　　《早发白帝城》是李白在流放夜郎，途经白帝城时遇赦返回途中创作的一首诗。首句"彩云间"三字，描写白帝城地势之高，为全诗描写船走得快这一动态蓄势；第二句"千里"和"一日"，以空间之远与时间之短做对比，极力形容船行之快；第三句"啼不住"写出了一路上猿啼声不止一处，用猿声来表现行船之快；最后一句的"轻"字，更表现了一种顺流而下的轻快之感。全诗围绕"快"展开，表现了诗人遇赦后轻快、愉悦的心情。

朝辞白帝彩云间，千里江陵一日还：这座白帝城是刘备托孤的白帝城吗？

白帝城名称由来

白帝城原名子阳城，是西汉末年割据蜀地的公孙述所建。公孙述觉得此地物丰关险，想在此拥兵称帝。相传城中有口白鹤井，井中会冒出一股白色的雾气，形状像一条龙，直冲云端，公孙述便让其亲信制造舆论说这是"白帝龙井"，寓意他日后必定登基成龙。于是在公元25年，公孙述自称白帝，子阳城也改名为白帝城。

白帝城遗址主体

白帝城位于重庆奉节县的白帝山上，地处长江三峡西端入口。白帝城是在历代筑城基础上扩建及修建而成，现存为遗址，有多座城门、城墙和建筑群遗存。白帝城存在"城套城"的现象，具有很强的军事堡垒特点。现如今发现的有东门、小北门、大北门、皇殿台瓮城门（桑阆门）、小西门、西门等。大北门遗址清理出了残存的门道和道路遗迹，门道宽2.6米、残高1.5米左右，用石块砌筑，白灰抹缝，表面残留有白灰面。小北门遗址城墙内有三部分的建筑基址，与城墙、小北门属于一个整体，建筑基址有外墙基、内墙基、门道、排水沟等，建筑基址南侧有一个水池遗迹，还出土了南宋嘉定五年的残碑。城内的道路面是用不规则的石板和卵石铺设，两侧用较规整的石块铺设。

白帝城内有白帝庙大型建筑群，内有明良殿、武侯祠、观星亭等明清建筑，明良殿内有刘备、诸葛亮、关羽、张飞塑像。武侯祠内供诸葛亮祖孙三代像，祠前有观星亭，相传诸葛亮曾在此夜观星象。

白帝城历史故事

《三国志》中记载了刘备白帝城托孤的故事。刘备在汉中之战中斩杀曹操名将夏侯渊，击败曹操，占据战略要地汉中，但是军事后方荆州空虚，东吴违背湘水划界，在背后对盟友倒戈一击，关羽被吴军擒获，遭到杀害。刘备为了替关羽报仇，举兵讨伐吴国，后被陆逊击败，退到白帝城，而后一病不起。

在病危之时，刘备召丞相诸葛亮、尚书令李严托孤，命二人辅佐其子刘禅。据《三国志·蜀书·诸葛亮传》记载，刘备对诸葛亮说："君才十倍曹丕，必能安国，终定大事。若嗣子可辅，辅之；如其不才，君可自取。"诸葛亮哭着说："臣敢竭股肱之力，效忠贞之节，继之以死！"刘备又对刘禅说："汝与丞相从事，事之如父。"用现代文来说就是"你（诸葛亮）的才能比曹丕多十倍，一定能平定天下，成就大事。如果你看阿斗是个当皇帝的料子，你就辅佐他；如果他不是个当皇帝的料子，你就自行取度吧"。诸葛亮哭着说："我一定尽我所能去中兴大汉，为了大汉竭智尽忠，直到死那一刻。"刘备于是召来后主刘禅，说："你和丞相办事，要像对待父亲一样对待他。"

春夜洛城闻笛

〔唐〕李 白

谁家玉笛暗飞声，

散入春风满洛城。

此夜曲中闻折柳，

何人不起故园情。

　　此诗为李白游洛阳时所作。诗歌前两句写夜深人静，一曲笛声
不期然响起，徐徐春风使乐曲飘满整个洛阳城。诗人用艺术的夸张
写出了笛声的动人和深夜的安静。第三句点出所听曲子为《折杨柳》
曲，古人折柳送别，诗中提及此曲，多写离别之情。最后一句"何人"
呼应"满洛城"，虽不直言"我"之思乡，但更见我思之切，情之深。

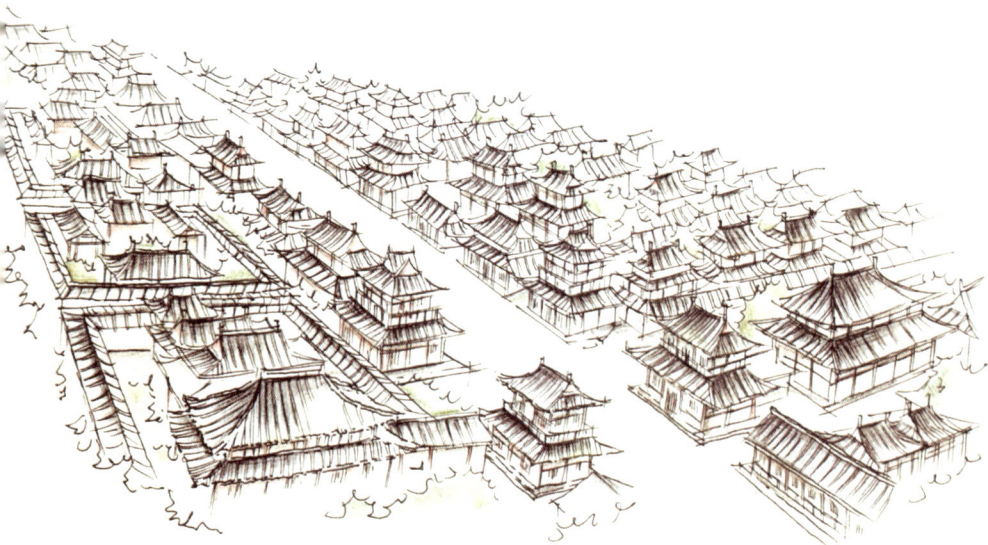

谁家玉笛暗飞声，散入春风满洛城：中国四大古都之一的洛阳

洛城名称由来

"洛城"即洛阳。战国时，始有雒（luò）阳之名。洛河古时名雒水，因城位居雒水之北，"水北为阳"，故名雒阳。此名既为地理区域名亦为城名，一直沿用。秦朝时，五行学说盛行，秦始皇按"五德终始"进行推理，认为周得火德，秦代周，应为水德，因此改雒阳为洛阳。东汉光武帝刘秀定都洛阳，因汉尚火德，复名雒阳。三国时魏以魏为土行，"水得土而乃流，土得水而柔"，又改为"洛阳"，后世沿用至今，唯明朝光宗朱常洛为讳"洛"字改"洛"为"雒"。

洛城的前世今生

洛阳，其曾用过的古称有西亳、洛邑、雒阳、洛京、京洛、神都、洛城等，位于河南省西部、黄河中下游，是国务院首批公布的国家历史文化名城，中国四大古都之一，世界文化名城。历史上洛阳因其位居天下之中，山川形胜甲于天下，成为历代立国建都的首选之地和兵家必争之地。洛阳有着五千多年的文明史、四千多年的建城史和一千五百多年的建都史，夏朝、商朝、西周、东周、东汉、曹魏、西晋、北魏、隋朝、唐朝（含武周）、后梁、后唐、后晋等十三个王朝在此建都，拥有十三朝古都之称，拥有全国重点文物保护单位43处，馆藏文物四十余万件。

次北固山下

〔唐〕王 湾

客路青山外，行舟绿水前。

潮平两岸阔，风正一帆悬。

海日生残夜，江春入旧年。

乡书何处达？归雁洛阳边。

　　此诗是唐代诗人王湾的五言律诗，写于冬末春初之际。首联写船行至北固山下停泊时所见的青山绿水。颔联中的"阔"字表现出春潮涌涨、江水浩渺的景象，"悬"字表现出此时风和日丽、船帆端直高挂的样子，景色壮丽秀美，意境开阔恢宏。颈联写残夜还未消退，一轮红日已从海上升起，旧年尚未逝去，春意已达江上。日生残夜、春入旧年这种时序的交替，易引发思乡之情。这两句是历来为人所称道的名句。尾联北归的大雁掠过晴空，不禁让人想起雁足传书的故事，思乡之情更加一重。此诗虽写异乡之景触发的乡愁，但不失积极向上的艺术魅力。

次北固山下：北固山为什么又叫北顾山？

北固山在哪？

北固山位于江苏省镇江市东北江滨，北临长江，山壁陡峭，形势险固，遂称"北固山"。又因梁武帝曾登山顶，北览长江壮丽景色，又名"北顾山"。北固山系镇江"三山"名胜之一，向以"天下第一江山"著称于世。北固山由前峰、中峰、后峰三部分组成，后峰是北固山的主峰，背临长江，枕于水上，峭壁如削，为风景最佳之所。

北固山的前世今生

北固山开发建置很早，汉献帝建安十四年（209），孙权在北固山前峰修建铁瓮城，京口自此有城池，北固山也自此开始开发建置。北固山前锋"因山为垒，缘江为境"，山势险要，又紧邻长江，如虎之出穴，军事地位险要。孙权在此修建铁瓮城后，以京口作为根据地，开创霸业。

唐时北固山建置兴盛，李德裕治京口，喜爱北固山的景色，大兴建置，重建甘露寺、筑塔、修北固新亭等。铁塔在后峰东，李德裕建时为石塔，后毁，宋元符中节度使重建，在原有塔基上建造了九层铁塔。铁塔由精铁铸成，雄浑瑰丽，体现了我国古代冶铁技术的高超，也反映了我国劳动人民的智慧，历经时代变迁，铁塔依然屹立在北固山上。

宋元时期，北固山少有建置。明清时期，北固山建置兴旺，石帆楼、凌云亭、狠石亭等多建于这一时期。凌云亭在后峰北面绝顶上，亭名取自荀羡语"使人有凌云意"，又叫"摩天亭"，站在亭上远眺，有"一览众山小"之感。

北固山的代表建筑

北固山北峰之巅有甘露寺。甘露寺始建于东吴甘露年间（265—266），故名"甘露寺"。古甘露寺规模宏大，明清全盛时期有寺宇、殿堂、僧屋等建筑二百多间。康熙、乾隆二帝曾在此建有行宫。甘露寺是中国著名的古刹之一，其建筑特点与金山、焦山不同，采用了"以寺镇山"的手法，故有飞阁凌空之势，形成了"寺冠山"的特色。甘露寺周围自然环境清幽，古钟声回荡于山间。宋代诗人黄庚夜宿甘露寺后赋诗曰"山险疑无路，萦回一径通。钟声寒瀑外，塔影夕阳中"，以此描绘甘露寺的自然风光。

"何处望神州，满眼风光北固楼。"辛弃疾在《南乡子·登京口北固亭有怀》中提及的北固楼，位于甘露寺的北侧，筑于北固山山顶，面临长江。北固楼是历史悠久的名楼。据记载，东晋时蔡邕的堂曾孙蔡谟最早在北固山建楼"以储军实"，也就是军用仓库；东晋军事家谢安曾对该建筑进行修复。南朝梁大同十年（544）梁武帝登楼遥看京口壮观气象，改楼名为北顾楼。大约唐代以前，古北顾楼已经遭焚毁。唐人在其旧址上重修一楼，并根据晚唐著名宰相李德裕《临江亭》"多景悬窗牖"诗句，命名为多景楼，上有宋代著名书法家米芾题书的"天下江山第一楼"匾额，以及康有为题写的"江淘日夜东流水，地耸英雄北固楼"对联。

题破山寺后禅院

〔唐〕常 建

清晨入古寺，初日照高林。

曲径通幽处，禅房花木深。

山光悦鸟性，潭影空人心。

万籁此都寂，但余钟磬音。

　　此诗为唐代诗人常建写的一首题壁诗。首联写诗人清晨来到破山寺，旭日初升，光照山林，勾勒出清晨时分禅房周围的环境。紧接着描写弯曲幽深的小路及禅院幽静的景色，花木繁茂、清香怡人。颈联诗人举目四望，山光明媚使鸟儿更加欢快，潭水清澈令人爽神净心，"悦"与"空"写出了自然环境带给人忘情尘世的境界。尾联写此时万物都沉默静寂，只有钟磬之音悠扬洪亮、深邃超脱，引领着人们进入空灵纯净的境界。

题破山寺后禅院：破山寺是由于破旧而得名的吗？

破山寺名称由来

传说在唐贞观年间，山寺中有高僧讲经，一位老翁日日前来听法。久而久之，高僧注意到这位老人，问他从何而来，老翁答："吾非人也，龙也。"高僧问："本相可得见乎？"老翁摇身变成一条白龙。高僧有些惧怕，诵经请来谒帝神。谒帝神化作一龙与白龙缠斗，白龙不能胜，破山而逃。寺庙因而得名"破山寺"，寺前破裂的山涧称作"破山涧"。

破山寺建筑主体

破山寺又名兴福寺，位于江苏省常熟市虞山北麓。

兴福寺的主要建筑有天王殿、大雄宝殿、法堂、禅堂、崇教兴福寺塔、华严塔、观音楼、救虎亭、四高僧墓等。其中天王殿为硬山顶，外檐用四铺作斗拱；兴福寺塔为九层砖塔，平面为方形，每面有三间，有"方塔"之称。塔总高69米，每边宽5.25米。乾隆年间重修时，将首层的北门封堵，其余各层皆四面辟门。每层用斗拱挑出檐，并承托上面的平座，平座周边围有栏杆。还有著名景观白莲池，位于救虎亭前，池中白莲芳香异常。寺旁有四高僧祠，立僧塔五座。

破山寺的前世今生

　　破山寺始建于南朝齐代，初名大悲寺，梁大同三年更名为兴福寺。这一名称的由来，是因寺内正殿后有一巨石，巨石上的纹理从左看去像"兴"字，从右看去像"福"字，故以兴福寺为名。在唐代"破山寺"是较为流行的叫法。历史上有众多诗人前往破山寺作诗，或者隐居于此，留下了不少趣闻，而"曲径通幽处，禅房花木深"更是其中的经典之作，为历代诗人所赞叹。这一众诗篇看似在写古寺风貌，实则融入了诗人坚持自我、向往自由的理想追求，他们将对自然的体悟融汇于诗中，描绘出与纷扰乱世截然不同的清幽之景，也使得破山寺孕育了更多的历史与文化底蕴。

　　如今的兴福寺大雄宝殿外观庄严肃穆，藏经楼位于大雄宝殿之后，楼内藏有万余册佛经。兴福寺几经兴废，现寺内多为明、清时期的建筑。

　　1995年，兴福寺被公布为江苏省级文物保护单位；2006年5月25日，崇教兴福寺塔被国务院公布为第六批全国文物保护单位。

春夜喜雨

〔唐〕杜 甫

好雨知时节，当春乃发生。

随风潜入夜，润物细无声。

野径云俱黑，江船火独明。

晓看红湿处，花重锦官城。

　　《春夜喜雨》是唐代诗人杜甫创作的一首律诗。诗歌开头就用"好"字赞美"雨"，说它"知时节"，春天是万物萌芽生长的季节，正需要下雨，雨就下起来了，它的确很"好"。三、四句中"潜入夜"和"细无声"相配合，不仅表明雨是伴随和风而来的细雨，而且表明那雨有意"润物"，无意讨"好"。五、六句"野径云俱黑，江船火独明"，写雨夜户外的几个景象：江边小路都辨别不清，只有船上的灯火是明亮的。"黑"与"明"相互映衬，点明了云厚雨足的特点。最后两句描写想象中的情景：如此"好雨"下上一夜，万物就都得到润泽，最能代表春色的花会带雨开放，红艳欲滴，到时整个锦官城都会变成花的海洋，表达了诗人对好雨润物的赞美。

晓看红湿处，花重锦官城：成都到底有多少"外号"？

锦官城名称由来

锦官城是四川成都的别名。成都有着特有的农桑文明，盛产锦缎，因此有大量商品以成都为起点经云南进入东亚、中东以及地中海沿岸国家进行流通。西汉张骞出使西域发现蜀锦走非官方渠道流入其他地区，这引起了汉王朝的重视，于是朝廷在蜀地（成都）设置了"锦官"机构来专门管理这里的丝织业，所以人们习惯把这里叫作"锦官城"，久而久之锦官城就成了成都的别名。

锦官城概述

锦官城也就是成都，四川省省会，是西部地区重要的中心城市。成都据说是根据《史记》中记载的"一年成聚，二年成邑，三年成都"而得名。除此之外，成都还有着龟城、蓉城、锦城、芙蓉城、天府之国等别名。成都是国家历史文化名城，古蜀文明发祥地，这座古城还有金沙遗址、都江堰、武侯祠、杜甫草堂等众多名胜古迹。

锦官城别名故事

成都又称"蓉城"，遍植市花芙蓉。五代后蜀时期，皇帝孟昶的一个妃子名为"花蕊夫人"，有一次她去逛花市，在百花中看到一丛丛的芙蓉花如天上云朵一般，十分喜爱。孟昶为讨爱妃欢心，就颁布诏令命百姓在城苑上下遍植木芙蓉树，成都自此也就有了"芙蓉城""蓉城"的美称。后蜀灭亡，花蕊夫人被宋朝皇帝赵匡胤掠入后宫。她私藏孟昶的画像，来表达思念之情。赵匡胤知晓后，逼迫她交出画像，但是花蕊夫人坚决不肯，赵匡胤一怒之下将她杀死。后人敬仰花蕊夫人对爱情的忠贞不渝，称她为"芙蓉花神"，所以芙蓉花也被称为"爱情花"。

成都也被叫作"龟城"。《太平寰宇记》记载了这样一个传说："仪筑城，城屡坏不能立，忽有大龟周行旋走，巫言依龟行处筑之，城乃得立。"在战国时期秦统一了巴蜀后，张仪主持修筑城墙，但总是修不好。这时候突然出现一只神龟，在城外围爬行。巫师让人们沿着神龟爬行的路线修建城墙，城墙十分坚固，城墙围起来形状像一只缩头的神龟。龟城这个说法也屡在诗句中出现，如唐朝诗人戎昱《成都暮雨秋》的"九月龟城暮，愁人闭草堂"和清代诗人王渔洋《金方伯邀泛浣花溪》的"人烟过蚕市，新月上龟城"。

成都又被称为"天府之国"，这个用法最早出现在秦末汉初，张良在论证定都关中时说："关中左崤函，右陇蜀，沃野千里，此所谓金城千里，天府之国也。"这里的天府之国主要指的是秦朝统治的区域，尤其是关中平原。后来成都平原越来越富庶，唐朝诗人李白的《上皇西巡南京歌》里写道："九天开出一成都，万户千门入画图。草树云山如锦绣，秦川得及此间无。"此诗文把秦国和蜀地做了一个比较，也就是认为关中平原不如成都平原，从此成都取代关中，有了"天府之国"的美称。

77

江畔独步寻花

〔唐〕杜 甫

黄师塔前江水东，
春光懒困倚微风。
桃花一簇开无主，
可爱深红爱浅红？

    《江畔独步寻花》是杜甫的组诗作品。诗人寓居四川成都，在西郊浣花溪畔建成草堂，时值春暖花开，他独自在江畔散步赏花，每经历一处，写一处，一共成诗七首。此诗为组诗的第五首，前两句写诗人散步到黄师塔前，风和日丽，春光怡人，让人觉得困倦，诗人以一"倚"字，将自己与大好春光融合为一。后两句着力写桃花，一簇深浅不同的桃花盛开在江边，诗人的精神也为之一振，"可爱深红爱浅红"一句，不仅写出了桃花艳丽多姿的景象，为画面增添了亮丽的色彩，也让我们看到了一个陶醉在桃花丛中的诗人的形象。

江畔独步寻花：浣花溪旁的杜甫草堂是用茅草盖成的吗？

杜甫草堂名称由来

杜甫草堂指的是诗人杜甫在成都浣花溪畔的居所。唐乾元二年（759），杜甫避"安史之乱"入蜀，在成都西郊浣花溪边的草堂寺借住，于次年春天在草堂寺附近浣花溪边的荒地上自建茅草屋，取名为"草堂"。草堂的屋顶材料为茅草，因此杜甫也称自己的草堂为"茅屋"，如《茅屋为秋风所破歌》中所写的"茅屋"即指成都这处草堂。

杜甫草堂建筑主体

杜甫草堂的原样建筑已不复存在，后世为纪念"诗圣"杜甫，在宋、元、明、清时对杜甫草堂都有修葺扩建，现如今我们看到的杜甫草堂完整保留着清代嘉庆重建时的格局。草堂是一处集纪念祠堂格局和诗人旧居风貌为一体，建筑古朴精致，园林精美秀丽的著名文化圣地。

杜甫草堂的建筑属于典型的穿斗式风格，这是中国古代南方民间木建筑的常用样式之一，穿枋（fāng）贯通承重的柱子，将墙体分隔成许多部分。为了更好地还原杜甫当时的建筑风貌，墙体采用"竹篾镶拼"的形式，即以竹片垂直与穿枋组成网状

古诗词里的地理名胜

结构，外层敷以泥草，草堂屋顶覆盖半尺厚的茅草，屋脊处为防风雨而作了加厚加固处理。这是四川人建造房屋的典型营造手法——就地取材，普遍采用当地的竹子、茅草和泥等建筑用料。

杜甫草堂的前世今生

四十八岁的杜甫来到成都，因长期生活在中原地区，秦岭以南的古蜀国成都对于他来说是新鲜的。相较入蜀前的生活，杜甫在成都的生活是安稳的，而且成都人好客，因此杜甫在草堂的这段生活留下了许多名篇佳作。

杜甫离开成都后，草堂由他的弟弟杜占管理，但是七十多年后，这座草堂便被毁坏得面目全非。晚唐成都诗人雍陶曾到浣花溪畔寻访杜甫草堂，看到的却是"沙崩水槛鸥飞尽，树压村桥马过迟"。到了唐昭宗天复二年（902），杜甫离蜀137年后，诗人韦庄入蜀，前来寻访杜甫草堂的遗址，发现只剩下一些柱子和基石陷没在荒草中。出于对杜甫的仰慕，韦庄在草堂故址重建了一座草堂，这是后人第一次重建杜甫草堂。韦庄重建的这座草堂，经过五代的战乱，也被毁了。两宋时期，吕大防、胡宗愈、张焘等先后重建修葺草堂，画像、刻诗、整治环境。之后，元、明、清和民国，历代都对杜甫草堂进行扩建和整修。新中国成立后，1955年在杜甫草堂成立了杜甫纪念馆；1961年3月，杜甫草堂成为全国重点文物保护单位。现如今的杜甫草堂不仅仅是单个建筑，而成为博物馆建筑群，里面展示着有关杜甫的诗集、书画、匾额等收藏品。

登岳阳楼

〔唐〕杜 甫

昔闻洞庭水，今上岳阳楼。

吴楚东南坼，乾坤日夜浮。

亲朋无一字，老病有孤舟。

戎马关山北，凭轩涕泗流。

　　此诗作于杜甫晚年西南漂泊时期。当时诗人处境艰难，年老体衰，登上神往已久的岳阳楼，不禁感慨万千。

　　首联在"昔闻""今上"的叙事中，表达了登上岳阳楼，观看洞庭湖水的欣喜之情。颔联"吴楚东南坼，乾坤日夜浮"写洞庭湖水向东南伸展，好像将本来连在一起的吴楚两地分成两块，天地万物仿佛也被这浩渺的湖水漂浮起来，此两句极写水面宽阔，力量巨大，境界恢宏。颈联转写自身处境："无一字""老病""孤舟"等字眼，无不表现诗人此时精神、生活上的痛苦。尾联由自身境遇拓展到对国家命运的关切：从洞庭向北望，战火不断，长安危急。想到这，忧国忧民的杜甫怎能忍住心中的痛苦？"凭轩涕泗流"一句，凝聚着诗人对国家时局、自身处境的悲怆、忧虑和无能为力的痛苦。全诗意蕴丰厚，虽低沉抑郁，却雄浑大气，气度超然，体现了杜甫诗歌沉郁顿挫的风格特点。

昔闻洞庭水，今上岳阳楼：杜甫登临的岳阳楼和范仲淹《岳阳楼记》中的岳阳楼是同一座吗？

岳阳楼名称由来

岳阳楼是指岳阳城西门上的城楼，它的前身是"巴陵城楼"，"巴陵"即为"岳阳"的古称。唐前期因岳阳地处州治之南故此楼被称作"南楼"，后又更名为"岳阳楼"。因文人学士屡次题诗，岳阳楼名扬四海，此后一直以"岳阳楼"之名行世。

岳阳楼在哪？

岳阳楼位于湖南省岳阳市。古有岳阳城西邻洞庭，岳阳楼位于岳阳城西门之上，可以俯瞰洞庭湖、眺望君山。

岳阳楼建筑主体

岳阳楼是一座木构建筑，外观三檐三层，楼中有四根楠木柱直通屋顶，建筑物的总高度高达七十多米。岳阳楼的屋顶是"盔顶"，盔顶的特征是垂脊处上半外凸，下半部分下凹，和头盔的形状比较相似，相传是南北朝之后，中原民族吸收了草原民族的建筑形式而产生的。

据考证，岳阳楼至少修葺过51次，重建过24次，因为每个朝代的营造手法不同，其形制也发生过一些变化。从宋代开始有《岳阳楼图》传世以来，岳阳楼的建筑形制主要有三种模式：宋时二层三檐，重檐歇山十字脊；元代二层三檐，重檐歇山顶；明代岳阳楼二层三檐，平面呈六边形。自清代康熙以后，岳阳楼改建成三层三檐的建筑，并一直保持着三层三檐的结构。

岳阳楼周边重要的古迹有鲁肃墓、文庙、慈氏塔等，最为著名的是岳阳楼下的洞庭湖，与岳阳楼相映成趣，正所谓：洞庭天下水，岳阳天下楼。

岳阳楼的前世今生

岳阳楼相传为三国时期鲁肃的阅军楼，在南北朝时称作"巴陵城楼"。南朝宋文学家颜延之于426年登楼赋诗，写了第一首关于"巴陵城楼"的诗词；唐朝宰相张说任岳州刺史时改建了城楼，并时常与文人墨客在此赋诗，同朝代的杜甫、李白、李贺等诗歌大家的赋诗更是令岳阳楼名声大震；为我们熟知的一次重修是在庆历六年（1046），宋朝的滕子京被贬为巴陵郡守，请范仲淹写了《岳阳楼记》，"先天下之忧而忧，后天下之乐而乐"道尽爱国忧民之情怀……此后，岳阳楼近乎老少皆知。

岳阳楼几经修葺，依然屹立在洞庭湖畔，成为岳阳城市精神文化的象征。湖南的岳阳楼，与湖北武汉的黄鹤楼以及江西南昌的滕王阁并称"江南三大名楼"。岳阳楼于1988年被国务院确定为全国重点文物保护单位。

85

望洞庭

〔唐〕刘禹锡

湖光秋月两相和，

潭面无风镜未磨。

遥望洞庭山水翠，

白银盘里一青螺。

    此诗为唐代诗人刘禹锡赴任和州刺史，经洞庭湖时所作，主要描写了秋夜月光下洞庭湖的优美景色。首句写湖月交相辉映，表现出了水天一色的融和画境。第二句描绘无风时湖面平静的情状，"镜未磨"三字十分形象贴切地表现了千里洞庭风平浪静、安宁温柔的景象，在月光下别具一种朦胧美。三、四句集中描写湖中之山：在皓月银辉之下，洞庭湖内的君山愈显青翠，洞庭水愈显清澈，山水浑然一体，望去如同一只雕镂剔透的银盘里，放了一颗小巧玲珑的青螺，十分惹人喜爱。

遥望洞庭山水翠，白银盘里一青螺：洞庭山乃湖中小岛

洞庭山传说

洞庭湖中有一座君山小岛，本名洞庭山。相传4000年前，舜帝南巡，他的两个妃子娥皇、女英追之不及，攀竹痛哭，眼泪滴在竹上，变成斑竹。后来两妃死于洞庭山上，于是人们在山上建成二妃墓。因二人也叫湘妃、湘君，为了纪念湘君，人们就把洞庭山改称君山了。山上现有古迹二妃墓、湘妃祠、柳毅井、飞来钟等。君山的竹子很有名，有斑竹、罗汉竹、方竹、实心竹、紫竹、毛竹等。这里每年都举办盛大的龙舟节、荷花节和水上运动。

洞庭山在哪?

洞庭山位于湖南省岳阳市境内，与岳阳楼遥遥相望。洞庭山小巧玲珑，四面环水，风景秀丽，空气新鲜，是避暑胜地，它峰峦盘结，沟壑回环，竹木苍翠，风景如画。地势西南高东北低，平均海拔55米，最高点海拔为63.3米。山的西南是悬崖峭壁，怪石嶙峋，岩下有石穴。因其浮游于浩渺的洞庭烟波之中，神秘缥缈，看似青螺，因而唐代著名诗人刘禹锡用"遥望洞庭山水翠，白银盘里一青螺"的诗句来描绘它的景色和秀姿。

洞庭山名胜古迹

洞庭山名胜古迹众多，文化底蕴浓厚。据《巴陵县志》记载，洞庭山有五井四台、三十六亭、四十八庙。现已修复的有二妃墓、湘妃祠、柳毅井、传书亭、朗吟亭和飞来钟等古迹。每一个古迹都是一段厚重的历史，每一个故事都是一段悠远的记忆。自唐代以来，李白、杜甫、黄庭坚、辛弃疾、张之洞等文人墨客都曾登临洞庭山览胜抒怀，留下了无数千古绝唱，李白的"淡扫明湖开玉镜，丹青画出是君山"、刘禹锡在本诗中所写的"遥望洞庭山水翠，白银盘里一青螺"，更使洞庭山名声大噪。

洞庭山上古木参天，茂林修竹，仅名竹就有二十多种，神奇而多情的斑竹就生长在二妃墓的周围。君山茶更是一道亮丽的风景线，一层层的茶树像一条条碧绿的玉带围绕在大小山头，中国十大名茶之一的君山银针就产自这里。

洞庭山自然风光秀丽，春可赏奇花异草，夏可观浩瀚洞庭，秋可赏渔歌秋月，冬可观湿地候鸟。

钱塘湖春行

〔唐〕白居易

孤山寺北贾亭西，

水面初平云脚低。

几处早莺争暖树，

谁家新燕啄春泥。

乱花渐欲迷人眼，

浅草才能没马蹄。

最爱湖东行不足，

绿杨阴里白沙堤。

　　钱塘湖即杭州西湖。这是唐代诗人白居易描绘西湖美景的名篇。诗的首联写湖光水色：春水初涨，水面与堤岸齐平，空中白云与湖中波澜连成一片。颔联由静到动：处处莺歌燕舞，写出了早春的生机勃勃。颈联写俯瞰所见花草，早春时节，春草并不繁茂，尚东一团，西一簇，所以仅用浅草、乱花来形容，但也状写出花草向荣的趋势。尾联写诗人最爱湖东沙堤，绿杨阴里平坦而修长的堤岸可以让人尽赏美景，"不足"更是表现了对这里的赞美喜爱之情。

孤山寺北贾亭西：孤山寺和贾公亭如今还存在吗？

孤山寺名称由来

孤山在西湖的里、外湖之间，因与其他山不相接连，所以称孤山。孤山上有孤山亭，可俯瞰西湖全景。孤山寺在南朝陈文帝天嘉元年（560）初建于孤山上，名永福，宋时改名广化。唐、宋人称其孤山寺。

孤山寺的前世今生

孤山寺位于孤山之南，因有天竺僧持辟支佛骨舍利至杭，故于孤山筑西阁，建永福寺，立辟支塔。唐武宗会昌灭法，遭焚毁。宋真宗大中祥符间，僧人方简在孤山寺废墟上重建寺观，改名广化寺，复建辟支佛骨塔、竹阁、柏堂、水鉴堂、涵辉亭、凌云阁、金沙井诸胜。

南宋绍兴年间，改创四圣观。元代，杨琏真迦改为万寿寺，元末被毁。明洪武初年，刘基复建，因年久倒塌。崇祯甲申年，杭州人在其外建数峰阁，水部陈调元再次重建，并将汉至明代的名贤都列在其中祭祀，仍然称为广化寺。清咸丰十年（1860），毁于太平军火烧。清光绪二年（1876），丁丙捐资复建柏堂、移建竹阁，开挖小莲池。清光绪三年春，丁丙、丁申兄弟捐资建蒋果敏公祠。

贾公亭名称由来

唐贞观年间，时任杭州刺史的贾全，于钱塘湖畔建亭。因由贾全所建，故名贾公亭。贾公亭也被称作"贾亭"。

贾公亭的前世今生

历史上的贾公亭早在唐朝末期就已经不复存在了。

贾公亭自唐贞观年间落成便一直作为钱塘湖旁的名胜存在，尤其是在白居易作诗《钱塘湖春行》后，贾公亭更是名声大震。白居易借用"孤山寺北""贾亭西"对景色的地理位置进行了阐述，又用拟人的手法"早莺争暖树""乱花迷人眼"，细致地描述了杭州风光，表现出杭州西湖畔的盎然春色，成为千古绝唱。

贾亭虽然早已被毁，因为有诗句的传唱，仍为人称道至今。我们借诗句的描绘，也不难想象到：在西湖畔、清风中，春意正浓，在庙堂外、亭台边，一片生机勃勃。花草繁茂、莺歌燕舞，如此一番景象，令人如痴如醉。

咸阳城东楼

〔唐〕许 浑

一上高城万里愁，蒹葭杨柳似汀洲。

溪云初起日沉阁，山雨欲来风满楼。

鸟下绿芜秦苑夕，蝉鸣黄叶汉宫秋。

行人莫问当年事，故国东来渭水流。

　　这是一首登临怀古诗，首联诗人写一登上高高的城楼就触发了万里乡愁，因为远处的蒹葭杨柳很像自己家乡的景色。颔联写傍晚时分，云雾开始从溪上涌起，夕阳渐渐从城外的阁楼后沉落，蓦然，凉风突起，一场山雨即将到来。这是对自然景物的描摹，也是对唐王朝日薄西山、危机四伏没落局势的形象勾画。颈联虚实结合：山雨将至，鸟雀仓皇逃入绿草之中，秋蝉悲鸣着躲进高林黄叶，此为眼前实景。"秦苑""汉宫"引人联想：王朝变迁，历史演变，只剩下深宫禁苑成为千古兴亡的见证，秦汉之事把诗人的愁怨从万里推向千古。结尾"行人莫问当年事，故国东来渭水流"是说行人不要问当年的事了，故国只剩下渭水还在长流不息，表达了诗人对晚唐颓势难以挽回的痛惜之情。

一上高城万里愁：为什么在咸阳城里容易引发愁绪？

咸阳名称由来

咸阳是我国第一个封建制王朝——秦朝的首都。关于咸阳的来历，有说法是：咸阳城因在山之南，又在渭水之北，山南为阳、水北为阳，"咸"是都、全的意思，山水都为阳，故名咸阳；还有一说，有人根据《史记》和出土陶文认为商鞅曾在此置"咸亨""阳里"，公元前350年，秦孝公将两名合一，即为咸阳。

咸阳在哪？

咸阳是陕西省的地级市，位于八百里秦川腹地，东临西安，西北接壤甘肃。咸阳是秦朝的首都，也称"中国第一帝都"，是秦汉文化的重要发源地。现有著名景点：昭陵、茂陵、乾陵、三原城隍庙等。

咸阳的前世今生

咸阳在历史上还曾经有过"新城""渭城""京城""石安"等称谓，这些称谓基本上都出现在隋代以前，唐代后改用咸阳一名，且一直延续至今。

咸阳建置始于夏代，春秋时期属于秦，战国时期秦孝公十二年（前350）定都于此。秦始皇兼并天下时，每击溃一个诸侯国，就在咸阳仿照他们原来的宫室重修。秦朝奴役七十余万人在渭水南岸建造大批宫室并营建骊山陵，迁富豪十二万户于咸阳，可见当时的咸阳城规模是十分宏大的。秦朝末年，项羽领兵进入咸阳，杀子婴，烧宫室，大火三月不灭，当时的咸阳城遭到严重破坏。

咸阳城内的道路系统遵循"大街小巷"的布局原则，街是全城的交通干道，并且通达城门，连接城外的道路；巷是居住区内连接各院落入口的通道，方便城内居民出行。大街小巷相连，形成了城内的道路系统。明洪武年间，咸阳城有东西南北四座城门，到了嘉靖时期，城门数量增至九个。清代以及民国年间，咸阳城均无大的变化，只是部分街巷名称发生了变化。街巷两侧的商号门面以低屋为主，为砖木结构的三间二层瓦房，下层设明柱、铺板门，上层除客席外多用于储存货物或居住。现在老城中山街一带仍有些明清时期的商铺建筑，由于年代久远且维护不利，许多店铺成为危房并面临被拆迁的命运，但是当我们置身其中仍然可以感受到明清时期咸阳街巷的繁华熙攘。

咸阳距今已有2000多年的历史，蕴含着悠久的中华文化。咸阳于1994由国务院公布为第三批历史文化名城。

江南春

〔唐〕杜 牧

千里莺啼绿映红，水村山郭酒旗风。

南朝四百八十寺，多少楼台烟雨中。

　　此诗为唐代诗人杜牧创作的一首七绝。诗一开头，就描绘出了迷人的江南景象：千里江南，处处莺歌燕舞，桃红柳绿；傍水的村庄、依山的城郭、迎风招展的酒旗，一一在望。后两句回溯至"南朝"，"四百八十寺"写出了当时佛教盛行的景象，"烟雨中"着重表现了作者对江南烟雨楼台美好景象的追怀和赞美。

南朝四百八十寺：南朝真有那么多寺庙吗？

南朝四百八十寺

南朝是中国历史上由汉族建立、以建康（今江苏南京）为都城的宋、齐、梁、陈四个朝代的总称，上承东晋下启隋朝，与北朝相对而言。"四百八十"这一数字并不是具体数字，而是用庞大的数字夸张说明南朝修建了大量寺庙，讽刺南朝统治者佞佛，劳民伤财。南朝四百八十寺中具有代表性的是鸡鸣寺、栖霞寺等。

鸡鸣寺名称由来

被誉为"四百八十寺之首"的鸡鸣寺是南京最古老的梵刹之一。鸡鸣寺在鸡笼山东麓，东吴时期为吴国后苑，后被战乱毁坏。它的前身"栖玄寺""同泰寺"是大众所知的两种叫法，但无论是"栖玄寺"还是"同泰寺"，都与皇家帝王有着渊源。后因齐武帝游览钟山时，来到这里听到鸡鸣声，故此山改称鸡鸣埭，后寺名改为鸡鸣寺。

鸡鸣寺建筑特点

鸡鸣寺在明朝扩建，清朝大修和重建，建筑群集山、水、林、寺于一体，将佛寺建筑群融于江南山水当中，与周围的环境契合，有佛家空寂幽静的环境氛围。

寺内现有大雄宝殿、观音楼、韦驮殿、志公墓、藏经楼、念佛堂和药师佛塔等主要建筑。鸡鸣寺中清朝同治年间修建的观音楼非常引人注目，其中有一尊"倒坐"的观音，面朝北而坐。中国传统讲究"坐北朝南"，而这尊观音像却"坐南朝北"，其中玄机则由佛龛上的楹联道出，"问菩萨为何倒坐，叹众生不肯回头"。

栖霞寺

栖霞寺位于南京市栖霞区栖霞山，是中国四大名刹之一，"三论宗"由此发源。江南诸多寺庙的住持、监寺均是于栖霞寺开始修业行程，于是栖霞寺也被视为佛学界的"高等学府"。

栖霞寺屡毁屡建，现在我们看到的栖霞寺是历代遗留下的。栖霞寺建筑群由方丈院、舍利塔、千佛崖等组成，方丈院的门额为当代著名书法家萧娴题写。大门两侧有一副篆书对联："狮子窟中无异兽，象王行处绝狐踪"，意思是文殊、普贤两菩萨普度众生。栖霞寺舍利塔的前身是一座木塔，因隋文帝杨坚供奉佛舍利而建，隋代木塔早在战乱中被毁，五代时期重建为五层石构密檐式塔，平面呈八边形，自下而上可以分为塔基、塔身和塔刹三部分。寺后的千佛崖佛龛大小错落，平面多呈马蹄形，题材以阿弥陀佛、弥勒佛、千佛为主，最大的一尊是身高十来米的无量寿佛，其左右分别是观音、大势至菩萨立像。

清凉寺

清凉寺在清凉山南麓山坳处,有人说,与其说南京的文化起源于秦淮河,不如说是清凉山。清凉寺始建于南朝,是中国佛教禅宗五家之一"法眼宗"的发源地。作为南唐首刹,鼎盛时期的清凉大道场是南京佛教传统文化、清凉山精英文化、金陵地域文化的重要代表,"清凉问佛"更是"金陵四十八景"之一。

这座曾鼎盛一时的古寺在悠悠历史长河中屡遭兴废,大部损毁,现仅存一座五开间建筑,红墙黑瓦,四周植桂花与翠竹,门上书"古清凉寺"四字。房前围墙圆门上书"清凉别苑",房后有六角亭一座,亭内有一口古井,称还阳泉。

夜雨寄北

〔唐〕李商隐

君问归期未有期，

巴山夜雨涨秋池。

何当共剪西窗烛，

却话巴山夜雨时。

　　此诗是晚唐诗人李商隐在异乡为官时写给妻子的一封家书。前两句以问答的形式表达了诗人与妻子相互思念却不得归之苦，后又将情感寄寓于眼前之景：巴山绵密的细雨，涨满秋池。诗人无尽的相思之苦与这淅淅沥沥的夜雨交织，弥漫于巴山的夜空。后两句写眼前的苦况激发出诗人对未来的期待与憧憬：等到他日与妻子相聚，定要对烛夜谈，聊一聊这个互相思念的夜晚。诗人跨越时间，盼望重聚的欢乐，但这种未来之乐更反衬出今夜之苦，而今夜的苦又将成为未来剪烛夜话的谈资。情感曲折丰富，令人回味无穷。

巴山夜雨涨秋池：为什么历代文人喜欢写巴山？

巴山在哪？

远古时期，横亘于中国南北之间的巴山陆梁，沟通了汉水上游和渠江流域，良好的自然条件吸引远古人类族群巴人在这里聚集，并建立了古巴国，所以后人称巴人活动的这个地域为"巴山"。巴山地区群山毗连，峰峦重叠，悬崖绝壁众多，却是古时重要的交通枢纽。巴山现位于我国西部的陕西、四川、湖北三省交界地区，因其东西绵延500多公里，亦被称为千里巴山和大巴山。巴山山地不仅森林茂密，野生动物繁多，自然资源丰富，还孕育出三国文化、蜀道文化及现代红色革命文化等文化资源，是一座融汇了中华文明的巍峨山脉。

巴山的自然和历史风光

巴山山脉腹地为四省通衢之要塞、巴蜀东出之门户，其间峰峦叠嶂、淙流纵横，以致易守难攻，具有重要的交通和军事价值，自古即为兵家必争之地。唐代诗人杜甫《滕王亭子》中抚遗迹而感叹："君王台榭枕巴山，万丈丹梯尚可攀。"诗人李白的《蜀道难》中写道"连峰去天不盈尺，枯松倒挂倚绝壁。飞湍瀑流争喧豗，砯崖转石万壑雷"，生动地展现了巴山惊险的地理环境。

　　巴山多水的自然形制，造就了其山高涧深、林秀谷幽、湍流激荡的生态景观，吸引诸多文人墨客留下了千古诗篇。唐代诗人岑参在《送崔员外入秦因访故园》中记叙了"竹里巴山道，花间汉水源"的自然美景。宋代文人郭印的《秋日即事八首（其一）》记载有"巴山今日见清秋，河汉无声天际流"的静谧景色。此外，巴山空灵寂静的夜色亦成为文人心中的胜景。宋代文学家陆游在巴山南亭独赏夜景，借景抒发自己内心的忧愁，留下了"曲阑影外巴山月，画角声中楚塞愁"的佳句。

巴山的古蜀栈道

蜀道特指连接古代秦蜀之间的道路，现常定义为穿越秦岭—大巴山系的多条历史悠久的古道，现存较为完善的古蜀道包括子午道、褒斜道、故道、傥骆道、金牛道和米仓道等。蜀道的实现离不开栈道的架设，"险绝之处，傍凿山岩，而施板梁为阁"，以此沟通山体两侧的交通。战国时期先民们就已克服艰难修建了古栈道，比如《战国策·秦策》中就有"栈道千里，通于蜀汉"的记载。巴山的山势凸显古道之险，栈道反衬崖壁之绝，峭壁上架设的栈道跨越天堑，带来空间上无尽延伸的体验。唐代诗人李白面对秦岭巴山奇绝的山道时发出了"蜀道之难，难于上青天"的由衷感叹。古蜀栈道有木质和石质两种主要材质，这是因地制宜而产生的多种独特形式。例如巴山内的褒斜古栈道就出现过木栈和石栈两种形式，不仅丰富了栈道的景观构成，更进一步促进与不同自然环境的自然融合。褒斜和金牛栈道上还设立有栈阁、栈桥、隧道等附属设施，这些高低错落的建筑是栈道中具有变化性、节点性的重要观赏点，组成栈道丰富的立面效果，形成视觉焦点。因为褒斜和金牛两段古栈道历史悠久，遗迹较多，是秦巴栈道中修复和重建最好的两处，现今都已建设成国家级风景区，成为地方的一大特色旅游点。

枫桥夜泊

〔唐〕张 继

月落乌啼霜满天，
江枫渔火对愁眠。
姑苏城外寒山寺，
夜半钟声到客船。

    《枫桥夜泊》是唐代诗人张继的作品。安史之乱后，很多文人赴江南躲避战乱，此诗就是诗人在避乱途中所作。诗歌前两句借江边之景表达愁情："落月""乌啼"写出了夜晚幽暗静谧的环境，"霜满天"不符合客观实际，却写出了作者此时感受到的透骨的寒意。羁旅途中，诗人只能对着江边枫树和渔火忧愁而眠。诗歌后两句写姑苏城外那寂寞清静的寒山古寺，半夜里敲钟的声音传到了客船。"夜半钟声"衬托出了夜的静谧，也体现了夜的清冷与寂寥，长夜难眠的诗人卧听疏钟时种种难以言传的感受也就尽在这诗句中了。

姑苏城外寒山寺：有故事的寒山寺

寒山寺名称由来

相传天台山的寒岩有个叫"寒山"的青年，他在去国清寺的路上捡到一个小婴儿，这个婴儿见风就长，瞬间长成了少年。寒山问少年的名字，他说自己没有名字，于是寒山就给他取名"拾得"。两人在国清寺形影不离，成为莫逆之交。

越州汪氏为国清寺香主，临终前将女儿芙蓉托付给寒山、拾得二人，希望芙蓉与其中一人结为夫妻。拾得与芙蓉年龄相仿，互有爱慕之情。寒山为成全二人，远走到姑苏城外的枫桥出家当了和尚。拾得得知事情的原委后，就去寻找寒山。他来到苏州古城，找到寒山，从此两人互敬互助，拾得外出传道，云游各地，据说还东渡到日本；而寒山就在苏州枫桥镇上施药舍茶，最后在枫桥寺圆寂。这座寺原名"妙利普明塔院"，因拾得和寒山在此居住而出了名，便改为"寒山寺"。

寒山、拾得又被称为"合和二仙"，是民间掌管婚姻的喜神。

寒山寺建筑主体

寒山寺坐落于江苏苏州，现如今我们看到的寒山寺殿宇大多是清代建筑，主要有大雄宝殿、钟楼、碑廊、枫江楼、枫桥等，但寒山寺建筑群布局与清代建筑布局有很大不同，并不是左右

中轴对称布局，而是寺中处处皆院，错落相通。

　　大雄宝殿殿面宽五间，进深四间，单檐歇山顶。中央有炉台铜鼎，鼎的正面铸着"一本正经"四个字，背面铸着"百炼成钢"四个字。这里还包含着一个故事：有一次，僧人和道士起了纷争，较量谁的经书更耐得住火烧，僧人便将《金刚经》放入铜鼎火中，经书安然无恙。为颂赞此事，人们就在鼎上刻了这八字用以纪念。

　　钟楼为一座六角形重檐亭阁，内有寒山寺的"天下第一佛钟"，仿唐样式，总重量为108吨，钟高8.588米，钟底最大直径

5.188米，钟面共有铭文70094个字。

枫江楼在三百年前就已坍塌，苏州市人民政府为了保护寒山寺文物古迹的完整性，将苏州城内修仙巷宋宅的"花篮楼"迁建到枫江楼原址上。花篮楼只有两根主柱，像花篮的提手，承受全楼的重量。

寒山寺山门前，有一座半圆拱桥，名为枫桥。桥头有一关口——铁铃关，据说是苏州城内唯一遗存的明代抗倭遗址。

寒山寺碑刻文化

寒山寺有许多碑刻用来记录经文、建寺经过和高僧事迹等，而唐代诗人张继《枫桥夜泊》诗碑在寒山寺众多碑刻中独树一帜。

从宋代至晚清，寒山寺历史上共有四块著名的《枫桥夜泊》诗碑。第一块由北宋名相王珪所书，此碑因屡经战乱，寒山寺多次被焚而不存。第二块为明代四大才子之一的文徵明在重修寒山寺时所书，此后，寒山寺又数遇大火，文徵明所书残碑嵌于寒山寺碑廊壁间，仅存"霜、啼、姑、苏"等数字而已。第三块是清朝江苏巡抚陈夔龙重修寒山寺时，有感于沧桑变迁，古碑不存，请俞樾手书的。第四块《枫桥夜泊》诗碑是一位与唐代张继同名同姓的书法家所书。除了以上所述四块寒山寺《枫桥夜泊》诗碑，现当代仍有人题写《枫桥夜泊》诗碑，这些碑刻承载着寒山寺的历史，也成为寒山寺特有的诗碑文化资源。

望海潮

〔宋〕柳 永

东南形胜，三吴都会，钱塘自古繁华。烟柳画桥，风帘翠幕，参差十万人家。云树绕堤沙，怒涛卷霜雪，天堑无涯。市列珠玑，户盈罗绮，竞豪奢。　　重湖叠巘清嘉，有三秋桂子，十里荷花。羌管弄晴，菱歌泛夜，嬉嬉钓叟莲娃。千骑拥高牙，乘醉听箫鼓，吟赏烟霞。异日图将好景，归去凤池夸。

　　这首词描绘了北宋时期杭州的景象。上片主要写杭州的自然风光和都市特点。开头三句点写杭州全貌：形胜、都会、繁华。后面的内容对这三方面进行铺叙。"烟柳"三句写杭州城整个城市的风貌：街巷河桥精美、居民住宅雅致、都市住户繁庶，不愧为三吴都会。"云树"三句言其"形胜"，词人选择钱塘江岸和江潮作为描写对象，突出了钱塘江的壮丽景象。"市列"三句则就"繁华"二字进一步铺展：杭州城商业繁荣，民殷财阜，繁华得不得了。下片写杭州和平宁静的生活景象。杭州之美，美在西湖，"三秋桂子，十里荷花"，堪称千古丽句，勾勒出西湖浓淡相宜之美。而后词句生动描绘出国泰民安的游乐画卷：无论是吹羌笛、唱菱歌的普通百姓还是被大队人马簇拥的达官贵人，皆于这美好的山水间，纵情欢乐。词的最后两句是对官员的祝愿，说日后把杭州美好的景色描画出来，等到去朝廷任职的时候，就可以向同僚们夸耀一番了。

东南形胜，三吴都会，钱塘自古繁华：钱塘是一座城还是一条江？

钱塘名称由来

据历史记载，今日的杭州周朝以前属于扬州，春秋战国时期在先后归于吴、越两国后最终归为楚国。秦统一六国后，在此附近设县治，称为"钱塘"。到了西汉，汉承秦制，杭州仍命名"钱塘"。直至晋朝灭亡，隋王朝建立后，"杭州"之名才第一次出现。

杭州的发展历程

杭州是我国七大古都之一，它历史悠久，物质文化遗产丰富，自秦设钱塘以来已有2200多年历史。杭州城于隋开皇十一年（591）依凤凰山而建，"周三十六里九十步"是对杭州这片土地的第一次描述。《隋书·地理志》中有记载，杭州等郡，"川泽沃衍，有海陆之饶，珍异所聚，故商贾并凑"，再现杭州繁华景象。后来杭州作为北宋的东南第一州以及南宋中央政权的确立地，全国各地能工巧匠汇集于此，各显神通，不断促进杭州的发展，使它成为当时世界上最大的城市。13世纪的意大利旅行家马可·波罗曾赞叹南宋时期的临安（今杭州）为"世界上最华贵的天城"。不得不说整个宋代的发展对杭州在历史上的地位奠定

古诗词里的地理名胜

发挥了巨大的作用。

杭州的今日风貌

如今的杭州除了拥有浓厚的文化底蕴，景点名胜也是不胜枚举：古玩字画、特色小吃一应俱全的河坊街；规模宏大、灯火通明的宋城景区；香火鼎盛、历史悠久的江南古刹灵隐寺；以及集城市、农耕、文化于一体的西溪国家湿地公园和世界文化遗产西湖文化景观等，都是杭州独具代表性的游览胜地。

杭州的水韵风光

杭州西湖以其秀丽的湖光山色和众多古迹名胜闻名中外，是中国著名的旅游胜地。从古至今不少文人墨客驻足于此，对她描摹刻画，赞叹吟咏。

谈到西湖水的柔美，就不得不提钱塘江的浩瀚。钱塘江大潮——自古以来被称为"天下奇观"。每年八月十八日是观赏钱塘江大潮的日子，这一天海塘大堤上人山人海，万头攒动，都是为一睹钱塘江潮的奇观之象。大潮来临前会在熙熙攘攘的人群中透出闷雷滚动一般的声音，紧接着浪潮远远的如千军万马般奔腾而来，声音如同天崩地裂，震耳欲聋。如果说西湖似一位婉约娉婷的江南女子，烟雨起时，尽显柔美；那钱塘江则更像一位威武的勇士，驰骋战场。大潮一至，势不可挡。

泊船瓜洲

〔宋〕王安石

京口瓜洲一水间，

钟山只隔数重山。

春风又绿江南岸，

明月何时照我还？

    此诗为王安石的七绝名篇。首句"京口瓜洲一水间"写了望中之景：诗人站在长江北岸瓜洲渡口放眼南望，看到了南岸的"京口"与这边的"瓜洲"只有一条江水的距离，不由地想到家园所在地钟山也只隔几座山，暗示诗人思念家乡之情。第三句为千古名句，着一"绿"字，写出了春风到来，千里江岸一片新绿的景物变化，与"明月何时照我还"一起共同表现了诗人思念家乡的心情。

京口瓜洲一水间，钟山只隔数重山：钟山就是紫金山吗？

钟山在哪？

本诗中的钟山位于古都南京的东部，即今天江苏南京的紫金山。南京是诗人王安石家乡的所在。钟山气候湿润，植被丰富，山的南北分别有燕雀、玄武两大名湖，山体之上有琵琶湖和紫霞湖，拥有优良的生态环境和自然山水。

钟山呈东西走向，全山似新月形，山峦起伏，形如盘龙。主峰为海拔448.9米的北高峰（也称头陀岭），是南京最高峰；在主体山的周围还分布着许多小山峰或丘陵岗地，如富贵山、邵家山、杨家岗等。钟山及其余脉是南京市区的重要分水岭，钟山的余脉从太平门附近延伸入城，自东向西为一系列低矮的山丘。山丘以南之水流入秦淮河，以北之水则汇入金川河。钟山和南面的雨花台、将军山、牛首山等一起，形成了南京跌宕起伏、江河迂回的江南丘陵地貌。

钟山的文化景观

中国传统文化讲求天地人合一，钟山各处人文景观注重建筑的择地、方位、布局与自然、人类命运的协调关系。定都于南京的历代帝王钟情于此，他们在这里修建陵墓庇佑子孙，筑坛以祈上苍护佑；修道真人、佛教僧侣也乐于在此开辟洞府、营建寺院。上至三国，下至民国的遗迹代代积累，其中孙权陵墓、东晋诸帝陵寝、南朝北郊坛、明孝陵、明初功臣墓、中山陵等建筑遗迹得以保留并延续至今。

灵气盎然的钟山为宗教信仰提供萌发的土壤，因此是道观寺庙的首选之地，历史上真实存在过的遗存或消亡的宗教建筑成为钟山文化景观的重要组成部分。唐代诗人耿湋《游钟山紫芝观》云："系舟仙宅下，清磬落春风。雨数芝田长，云开石路重。古房清磴接，深殿紫烟浓。鹤驾何时去，游人自不逢。"钟山袅袅灵气，油然而生。

钟山的园林植被

钟山地处中纬度，光照充足，雨量充沛，非常适宜植被生长，因此钟山自古以来就是一片郁郁葱葱的景象。钟山南部坡度平缓，适合植被的展布，植树造园活动也相对频繁。特色植被有始于明代梅花坞，并传衍至今的特色梅花山景观；有因陵墓建筑需要而开展的人工种植成果，逐渐衍化为纪念性的植物景观。留存至今的还有明清时期题名金陵四十八景之一的"灵谷深松"景观；民国时为环山路及美龄宫等建筑而种植、绵延至南京城的大量法国梧桐景观等。

六月二十七日望湖楼醉书

〔宋〕苏 轼

黑云翻墨未遮山，白雨跳珠乱入船。

卷地风来忽吹散，望湖楼下水如天。

　　此诗描述诗人乘船在湖中巡游时所见的情景。前两句写天上涌起一片黑云，眨眼间就泼下倾盆大雨。"黑云""白雨"形成强烈的色彩对比，"翻墨""跳珠"写云的来势和暴雨飞溅的情态，形象生动，充满动感。后两句写雨停的情景：猛然间，狂风席卷大地，瞬间雨散云飞，从望湖楼上望去，雨过天晴，风平浪静，水面天光一色。此两句从前面的骤雨转到瞬间晴朗，让人眼前陡然一亮，境界大开。

卷地风来忽吹散，望湖楼下水如天：望湖楼是观赏西湖的最佳处吗？

望湖楼在哪？

望湖楼地处浙江省杭州市西湖宝石山的最东端，傍西湖而建，是一处绿树掩映、岩峦烘托、飞檐凌空、典雅古朴的二层楼阁。

望湖楼建筑特色

望湖楼为吴越国王钱弘俶所建，原名看经楼、先得楼，到宋朝时期易名为望湖楼，楼台依山临湖，相传在望湖楼上正好可以观赏西湖景色之美。它为单檐双层歇山顶，两层木结构，青瓦屋面，整个建筑宏丽古雅。望湖楼的西侧，有曲廊与辅楼餐秀阁相连。望湖楼被置于四周优美静谧的自然景观之中，其周边布满枝繁叶茂的香樟；地势较低处植草坪、棕榈、冬青，点缀峰石；地势较高处叠石筑山，使之峰石嵯峨，回栏环绕。在此楼纵览湖上风光是再好不过了。咏望湖楼的诗作极多，其中最有名的正是本诗中苏轼所写"卷地风来忽吹散，望湖楼下水如天"一句。

如今的望湖楼为1985年按清代旧式重建而成，被评为杭州市优秀建筑。

饮湖上初晴后雨

〔宋〕苏 轼

水光潋滟晴方好，

山色空蒙雨亦奇。

欲把西湖比西子，

淡妆浓抹总相宜。

　　此诗为苏轼在西湖游宴后所作。开篇两句用凝练的语言写出了西湖晴雨变化中的水光山色："水光"写西湖在灿烂的阳光照耀下，水波荡漾，波光闪闪；"山色"在雨幕笼罩下，若有若无，非常奇妙。后两句欲用美丽的西施比喻西湖，是因为西湖与西施一样都美在气度神韵，所以，晴好、雨奇，于西湖来讲都是相宜的。

欲把西湖比西子，淡妆浓抹总相宜：杭州西湖到底美在哪里？

西湖在哪？

本诗中的西湖指浙江杭州西湖，其山水秀丽，是中国三十多处以"西湖"命名的湖泊中最为引人入胜的一处。

西湖是个半封闭的静水湖泊，湖山映衬，相得益彰。湖中被孤山、白堤、苏堤、杨公堤分隔，按面积大小分为外西湖、西里湖（又称"后西湖"或"后湖"）、北里湖（又称"里西湖"）、小南湖（又称"南湖"）及岳湖等五片水面，其中外西湖面积最大。孤山是西湖中最大的天然岛屿，苏堤、白堤越过湖面，小瀛洲、湖心亭、阮公墩三个人工小岛鼎立于外西湖湖心，夕照山的雷峰塔与宝石山的保俶塔隔湖相映，由此形成了"一山、二塔、三岛、三堤、五湖"的基本格局。

西湖周围群山，高度虽然都不超过400米，但峰奇石秀，林泉幽美，内崤外耸，根据岩性差别和山势高低，可分为内、外两圈。外圈有北高峰、天马山、天竺山、五云山等，山体主要由石英砂岩构成，岩性较坚硬，不易风化侵蚀；峰峦挺秀，溪涧纵横，流水清冽，是西湖泉水最多的地带。内圈有飞来峰、南高峰、玉皇山、凤凰山、吴山、葛岭、宝石山等，山势较低，山体主要由石灰岩构成，易受水流溶蚀，多洞穴，有烟霞、水乐、石屋、紫来、紫云等溶洞。西湖周围群山为天目山余脉，由西向东逶迤蜿蜒，有似龙翔凤翥，前人有诗咏山势为"龙飞凤舞到钱塘"。这些山峰环布在西湖的南、西、北三面，其中的吴山和宝石山像两条手臂，一南一北，伸向市区，构成优美的杭城空间轮廓线。

西湖景观

断桥：西湖断桥位于杭州北里湖和外西湖的分水点上，一端跨着北山路，另一端接通白堤。据说，早在唐朝断桥就已经建成，宋代称保佑桥，元代称段家桥。桥的东北有碑亭，内立"断桥残雪"碑。

雷峰塔：雷峰塔又名皇妃塔、西关砖塔，位于西湖南岸夕照山的雷峰上。雷峰塔初建于977年，是吴越忠懿王钱弘俶为供奉佛螺髻发舍利而建。

苏堤：苏堤位于西湖西侧，南起南屏山麓，北到栖霞岭下，全长近三千米，是北宋诗人苏东坡任杭州知州时，疏浚西湖，利用挖出的葑泥构筑而成。后人为了纪念苏东坡治理西湖而命名为苏堤，沿堤建有映波、锁澜、望山、压堤、东浦、跨虹六座单孔石拱桥。

西湖十景有苏堤春晓、花港观鱼、柳浪闻莺、雷峰夕照、三潭印月、平湖秋月、双峰插云、南屏晚钟、曲院风荷、断桥残雪。

西湖的美不仅在湖，也在于山，山水相映是西湖最美丽的特征。西湖能够名扬天下，更与古今中外的画家和诗人是分不开的。唐宋以来，诗人白居易、苏轼、林和靖、柳永等都留下了千古传颂的诗篇。

念奴娇·赤壁怀古

〔宋〕苏 轼

　　大江东去，浪淘尽，千古风流人物。故垒西边，人道是，三国周郎赤壁。乱石穿空，惊涛拍岸，卷起千堆雪。江山如画，一时多少豪杰。　　遥想公瑾当年，小乔初嫁了，雄姿英发。羽扇纶巾，谈笑间，樯橹灰飞烟灭。故国神游，多情应笑我，早生华发。人生如梦，一尊还酹江月。

　　这首词写于苏轼被贬黄州时期。起笔大气磅礴，"大江东去，浪淘尽，千古风流人物"，既有汹涌澎湃的万里长江，又有穿越古今的纵深之感，可让人体味到词人立于江岸凭吊古人时激荡的心胸。"故垒"三句点出这里是赤壁之战的古战场，以下"乱石"三句，集中描写了赤壁雄奇壮阔的景象：乱石险峻、波涛凶暴、浪花飞溅。"江山如画，一时多少豪杰"，连缀上下片，既对前面之景进行总结，又引出下文的怀古抒情。下片由"遥想"领起六句，集中塑造了青年将领周瑜的形象：年轻有为、装束儒雅、风度翩翩、潇洒从容……作者如此仰慕周瑜，是因为心中也有同样渴望建功立业的理想，但此时被贬黄州的境遇，只能让他说出"多情应笑我，早生华发"这样的失落之语。最后"人生如梦，一尊还酹江月"，词人在对自身坎坷经历的无限感慨中举起酒杯祭奠这万古的江月。

故垒西边，人道是，三国周郎赤壁：赤壁为什么分文赤壁和武赤壁？

文、武赤壁由来

本词中所写的赤壁为黄州赤壁，也称东坡赤壁或文赤壁。黄州赤壁因北宋大文豪苏东坡在此写有《赤壁怀古》词和前、后《赤壁赋》而闻名于世。虽然文坛上常把黄州赤壁当作三国时鏖战的古战场来凭吊，但值得注意的是，此处所指的赤壁并非是历史战役"赤壁之战"的发生地。赤壁古战场位于湖北省赤壁市。后人为纪念两地特有的历史文化，故将前者称为"文赤壁"，后者称为"武赤壁"。

文、武赤壁在哪？

文赤壁地处湖北古城黄州的西北汉川门外，其东北部紧接玉屏山、龙王山、聚宝山，西南部有长江环绕。文赤壁就坐落于赤鼻山上，山体赤红，崖石赭赤，屹立如壁，因此称为"赤壁"。又因山崖突出下垂，形状像一个倒悬的鼻子，所以也称赤鼻矶。

武赤壁在文赤壁的上游，溯江而上，可见一山横亘江中。虽山体不大，但每当江水上涨，此处江流突然遇阻，激浪飞溅，高达数米，十分壮观。待视野开阔，可见悬崖上楷书"赤壁"二大字，这就是人们所说的三国赤壁大战之地——蒲圻武赤壁，亦名石头关。

　　武赤壁由三座小山丘组成，分别是赤壁山、南屏山、金鸾山，三山起伏毗连。江的对岸是乌林，其东南不远处为周郎湖（今名柳山湖）、周郎山（今名周郎咀），不远的西处有黄盖湖，据传这是赤壁大战时曹操屯兵和周瑜黄盖驻练水军的地方。

赤壁文化

　　清康熙年间，黄州知府、画家郭朝祚把黄州赤壁定名为"东坡赤壁"，并题写了匾额。景区现有面积四百余亩，建筑物有九亭（放龟亭、睡仙亭、坡仙亭、酹江亭、问鹤亭、快哉亭、览胜亭、望江亭、羽化亭），三楼（栖霞楼、涵晖楼、挹爽楼），二堂（二赋堂、雪堂），二阁（碑阁、留仙阁），一斋（慨然斋），一像（苏轼塑像）。各景中以二赋堂的书法文化最为人称妙，该堂始建于清代，匾额为李鸿章所题。二赋堂西南方是酹江亭，面江临壁而建，亭内嵌有清康熙皇帝临摹元代书法家赵孟頫的手书《前赤壁赋》书贴石刻。亭西侧是坡仙亭，内有苏轼亲笔草书的《念奴娇·赤壁怀古》词和《满庭芳·归去来兮》词，及其手绘的月梅图、寿星画像等石刻。

　　武赤壁现今仍保存着赤壁之战所留下的多处耐人寻味的古迹，但古战场的凌冽之气在历史的打磨中渐渐消散。留给游人的是驻足于此时借景赏诗，再次品赏此地的诗墨之气、悲喜之感。

　　文赤壁有其浓郁而悠久的文化气息，使人们陶醉；武赤壁有雄壮的气势和古老的传说，唤起人们的激情。或文或武，或兴或衰，都会随着历史的沉淀，成为中华文明史上的璀璨明珠，引领世人穿越千古，奔向未来。

相见欢·金陵城上西楼

〔宋〕朱敦儒

金陵城上西楼，倚清秋。万里夕阳垂地大江流。　　中原乱，簪缨散，几时收？试倩悲风吹泪过扬州。

　　此词是靖康之难时，朱敦儒仓促南逃至金陵后，登上金陵城楼所作。上片为登楼所见之景：长江阔大，但只有无边秋色，不尽夕阳，悲秋之感不禁油然而生。下片直言国事，"簪缨"代指贵族官僚，"中原乱，簪缨散"两句，写出了中原沦陷，北方的世家贵族纷纷逃散的悲惨景象。"几时收"是作者提出的一个无法回答、无人回答却一直萦绕在作者心头的问题，表现了诗人盼望早日收复中原的强烈愿望。结句"试倩悲风吹泪过扬州"，作者要请悲风将自己的眼泪吹到抗金的前线扬州，表现了诗人对前线战事的关切，充满无限悲慨。

金陵城上西楼，倚清秋："龙盘虎踞"的金陵

金陵名称由来

金陵指现在的江苏省南京市，关于它的名字来源有很多种说法。相传，南京的钟山因为山顶的岩石与"金"的颜色很像，所以古时候"钟山"被人们叫作"金陵山"。还有人说，金陵的名称源于秦始皇时期，因秦始皇在金陵岗埋金以镇王气而得。春秋战国时期便有记载："因山立号，置金陵邑。"

金陵在哪？

金陵地处中国东部、长江下游，毗邻扬州、滁州、镇江、马鞍山等市。城内有紫金山、幕府山等气势磅礴的山脉，也有秦淮河、金川河等蜿蜒优美的河流，更有玄武湖、莫愁湖镶嵌城中……为我们熟知的中山陵、雨花台、夫子庙、南京明城墙等著名景点都位于今天的南京市。

金陵的前世今生

金陵城至今已经有2500年的历史，随着朝代的更迭也留存下来众多名称。春秋战国时期，楚威王设置"金陵邑"；秦朝时，秦始皇更"金陵"名为秣陵；东汉末年，孙权迁至秣陵，改其名为建业。

南唐时定都金陵，并扩散城邑；至宋高宗即位，改江宁府为建康府，数年后建都杭州，设立建康为陪都；元朝时，改建康名为集庆，朱元璋攻克集庆，将集庆改名为应天，作为自己的根据地；到了明初，明太祖朱元璋以应天府作为首都，称之为南京……自此，我们熟悉的"南京"这一名称开始流传。

从古至今，共有六个朝代在南京建都，分别为：吴、东晋、宋、齐、梁、陈，故后人称南京为"六朝古都"。

早在三国时期，诸葛亮就将金陵喻作"龙盘虎踞"之地。因其地势雄奇险要，地域美丽富饶，金陵常被历代君王视为休养生息、以备东山再起的宝地。

到了明代，明太祖建都南京，并由内而外修筑了四座城墙，分别为皇城、宫城、京城（内城）和外郭，构建了一套严整的防御体系。南京城蜿蜒的城墙盘旋于金陵的山水之间，给这片"龙盘虎踞"的风水宝地增添了更多庄严宏伟的韵味。值得庆幸的是，现在南京（内城）部分的城墙保留得还较为完整。

金陵城早已不是几千年前"中原乱，簪缨散"的情形，这座承载着华夏悠久历史的古城，此刻正温和平静地矗立。

三衢道中

〔宋〕曾 几

梅子黄时日日晴，
小溪泛尽却山行。
绿阴不减来时路，
添得黄鹂四五声。

　　此诗是南宋诗人曾几创作的一首七言绝句。曾几是一位旅游爱好者，这首纪行诗明快自然，富有生活意蕴。梅子黄时正是江南梅雨季节，难得日日晴的好天气，诗人的心情也很畅快。下一句的"却"字写出溪尽却兴不尽，进而舍舟山行。三、四句紧承山行，写绿树浓荫，爽静宜人，更有黄鹂啼鸣，悦耳动听，突出了诗人愉悦的心情。

梅子黄时日日晴，小溪泛尽却山行：因喀斯特地貌被称为"江南一绝"的三衢山

三衢山在哪？

三衢山是浙江省衢州市的母亲山，毗邻江西、福建、安徽等省，与金华双龙洞、淳安千岛湖、武夷山、三清山、黄山等相距不远。

三衢山为灰岩岩溶地貌，与云南石林的壮年期岩溶地貌不同的是，三衢山岩溶属幼年期，主要由峰丛构成，微地貌为石芽和溶沟。三衢山同时又是奥陶纪晚期（4.4亿年前）的一个巨大的古生物礁，是研究华南古生代地史的重要地区。三衢山因生物礁和优美岩溶地貌的结合而珍贵。

三衢山历史文化

三衢山独特的地貌孕育了丰富的历史文化。据史料记载，"昔有洪水自顶暴出，界兹山为三道，故谓三衢"，记述了三衢山诞生的传奇经历，为三衢山笼罩了神秘的色彩。唐《元和郡县图志》有"州有三衢山，因取为名"的记载，记录了衢州以三衢山命名的历史，因此后人称三衢山为"衢州的母亲山"。北宋名臣赵抃为浙江衢州人，其刚正不阿、疾恶如仇，告老还乡时两袖清风，只有"一琴一鹤"相伴，被世人传为佳话。位于三衢山西坡的

"赵公岩"是赵抃年轻时避难读书之地，后人因感其刚正，在其逝世后自发到此洞焚香、敬拜，以颂其德。

三衢山特色景观

三衢山景区内喀斯特地貌发育完全，堪称"江南一绝"。景区属石灰岩地貌石牙石林景观，石林造型奇特、惟妙惟肖，层次感强、变化无穷，有百狮争雄、仙女梳妆、龙蛇争霸、双龟峰、海龟峰、老虎洞、天顶花盆、玉如意、将军阵等五十多个景点景观，是世界上最大的象形石动物园。景区内融奇岩、怪石、峭壁、溶洞、石林、泉、溪等自然风景为一体，人们可尽享大自然无穷妙趣。

三衢山及其毗连的诸山岭，绵延一大片，都是石灰岩所形成的槽谷型岩溶、岩石地貌，经年代久远风化，成为如今崎岖的层峦、叠峰。古人所谓"层峦迸裂魑魅惊"，说的就是那些石谷深沟、石壁叠嶂与悬崖。整个三衢山又似一处膨大的、不规则的珊瑚，点缀着无数的大小石穴、石室、石洞，以及石墩、石柱、石笋、石林，并以沟谷形成三处，这就是古人所谓的"三瓣芙蓉金翠明"。正因为它有"魑魅惊"和"金翠明"，更吸引了众多游客。

题临安邸

〔宋〕林 升

山外青山楼外楼，

西湖歌舞几时休？

暖风熏得游人醉，

直把杭州作汴州。

　　此诗为南宋诗人林升创作的一首七言绝句。诗的开头，诗人状写临安城重重叠叠的青山、鳞次栉比的楼台。后一句触景伤情，表现了诗人对统治者苟且偷安、一味纵情声色不思收复失地的心痛。后两句紧承"西湖"句而来，"游人"特指那些忘了国难、苟且偷安的统治者们。他们在歌舞升平的世界中如醉如痴，已将杭州当作汴州了。此诗表现了诗人对国家民族命运的深切忧虑，对统治者屈膝投降的愤怒之情。

暖风熏得游人醉，直把杭州作汴州：北宋都城汴州有多厉害？

汴州名称由来

汴州，即汴京，是北宋的都城，今河南省开封市。开封市历史上的称谓有许多。春秋时，郑庄公在今开封修筑储粮仓城，取"启拓封疆"之意，定名启封。战国时其为魏国都城，名为大梁，在今河南省开封市的西北部。到了西汉初，因避汉景帝刘启之名讳，将启封改名为开封，这便是"开封"这一名称的最早由来。直至北周武帝建德五年（576），改梁州为汴州，这是开封称"汴"之始，由县治改为州治，开封也成为北魏对南部各朝作战的水运线上的八个重要仓库之一。五代时期的后梁、后晋、后汉、后周先后定都于开封，称之为"东都"或"东京"，这一时期开封正式取代了洛阳，成为全国的政治、经济、文化、交通中心。

汴州在哪？

汴州（今河南省开封市）——六大古都之一，位于河南省东部黄河以南的豫东平原上，陇海铁路擦城而过。开封作为历史古城，在此地建过都的有七个朝代，包括战国时期的魏，五代时期的后梁、后晋、后汉、后周，以及后来的北宋和金。另外，西汉时期的梁考王，也曾一度把开封作为他的封国——梁国的都城。开封历史悠久，在它未作为城市发展之前，就有居民点。

汴州的前世今生

宋朝建都开封称东京开封府，从公元960—1127年，经历了九个皇帝（太祖、太宗、真宗、仁宗、英宗、神宗、哲宗、徽宗、钦宗）共一百六十八年。到了北宋，开封先后已有六个朝代建都于此，历时已达一千多年，人工雕琢的古迹不少。它们大致可分为三类：第一类是皇室的宫殿，第二类是皇室贵族的园圃，第三类是寺、观、庵、庙、祠堂等。中国十大传世名画之一的《清明上河图》描绘的就是北宋时期开封的模样。

秋夜将晓出篱门迎凉有感

〔宋〕陆 游

三万里河东入海，

五千仞岳上摩天。

遗民泪尽胡尘里，

南望王师又一年。

　　这首爱国诗篇创作于陆游六十八岁时，距他被罢官归故里已四年，但村居生活并不能让诗人内心平静。初秋时节，将晓之际，他走出篱门，想到沦入金人之手已六十多年的大好河山，无比愤慨。诗歌开篇，"三万里河""五千仞岳"，极言山河的壮丽，后两句想象遭受苦难的中原百姓，年年岁岁盼望着南宋朝廷能够出师北伐，可统治者们此时正醉生梦死于西子湖畔，作者的失望、痛恨、忧虑之情通过"又一年"表达得淋漓尽致。

五千仞岳上摩天：西岳华山究竟有多高？

华山名称由来

诗中的"五千仞岳"即指西岳华山。华山东临潼关，西望长安，南依秦岭，北靠黄河、渭河，古称太华山。华山之名最早出现在《山海经》和《禹贡》中，即春秋战国时期就有"华山"之名。华山名字的来源说法很多，一般来说，与华山山峰像一朵莲花是分不开的，古时候"华"与"花"通用，正如《山海经》记载的"远而望之若华然"，故名。

华山的历史文化

华山是中华民族的圣山，中华之"华"即源于华山，由此，华山有了"华夏之根"之称。华山也是道教主流全真派的圣地，历史上华山受到各朝皇帝的祭祀。

华山的特色景观

华山整体为花岗岩断块山，最高峰海拔2154.9米。险峻的奇峰峭壁俯瞰渭河平原，有壁立千仞之势，自古为游览胜地。

奇峰：华山群峰挺秀，以险峻称雄于世，自古以来就有"华山天下险""奇险天下第一山"的美誉。"奇险"两字，是华山风光的精髓。"自古华山一条道"形容的就是华山的险峻。长空栈

古诗词里的地理名胜

道、鹞子翻身，以及在峭壁绝崖上凿出的千尺幢、百尺峡、老君犁沟等处，亲临其境者，无不叹为观止。著名景区有东、南、西、北和中峰。

石刻：华山石刻以摩崖石刻为主，是一个书法艺术宝库，被誉为镌刻在崖石上的书法博物馆。历代的文人们往往在这里赋诗挥毫，不一而足，因此留给后世诗文记述颇多。石上书法，行、草、隶、篆琳琅满目，各具特色。

道家建筑：华山是道教主流全真派圣地，为"第四洞天"，也是中国民间广泛崇奉的神祇，即西岳华山君神。共有72个半悬空洞，道观二十余座，其中玉泉院、都龙庙、东道院、镇岳宫被列为全国重点道教宫观，有陈抟、郝大通、贺元希等著名的道教高人。

云海：在华山诸多景观中，华山云海最为神秘莫测。时而轻薄如丝绢，时而又怒气冲霄；时而像波涛诡谲的大海，时而又如风平浪静的湖水。

日出：华山是神州九大观日处之一，华山日出亦被列为华山自然风光中的重要景观之一。华山观日处位于华山东峰（亦称朝阳峰），朝阳台为最佳观日地点。

菩萨蛮·书江西造口壁

〔宋〕辛弃疾

郁孤台下清江水，中间多少行人泪？西北望长安，可怜无数山。

青山遮不住，毕竟东流去。江晚正愁余，山深闻鹧鸪。

  此词为辛弃疾途经江西造口所作。作者登临郁孤台，俯瞰昼夜奔腾的清江水，不禁想到宋高宗建炎年间被金人追赶、四海南奔之事。这一路上有多少被迫离乡逃难的行人，将满腔的热泪洒于这清江水中？想到这里，诗人忧伤满怀，举头北望，视线却被无数青山遮挡。故土难忘，想看却看不到，内心忧愤可想而知。但诗人心中仍心存一丝希望："青山遮不住，毕竟东流去。"浩浩荡荡的江水定会冲破这层层阻碍，表现了作者对最终胜利的坚信。然而此时国家的境况并不乐观，"江晚正愁余，山深闻鹧鸪"，鹧鸪声声，又勾起诗人对时局的忧虑、壮志未酬的悲愤。全词一波三折，有回环曲折之美。

郁孤台下清江水：辛弃疾题词的造口壁和郁孤台如今还在吗？

造口名称由来

古时，造口又被称为皂口。宋代诗人杨万里在《过皂口》中写道："赣石三百里，春流十八滩。"清代诗人彭孙贻有《万安县》诗云："皂口暮云收宿雨，舜祠秋籁歇鸣弦。"两位诗人在诗中所提及的万安县、赣江，正是而今造口所在的位置。据清代地理学家顾祖禹所撰《读史方舆纪要》记载："宋建炎初，隆祐太后避兵，南指章、赣，金人蹑其后，追至造口，不及而还。造口，即皂口也。"发音相似，用字不同，皂口壁也自然而然成了今天人们口中的造口壁。

造口在哪？

造口位于江西省万安县南六十里处，与赣州相邻，水草丰美，景色奇绝。杨万里形容造口时曾说："不是春光好，谁供客子看？"造口一带风景之秀美就这样在历代诗家口中代代相传了下来。然而几百年前稼轩挥毫题词的石壁已然无法考证其确切位置，但据《读史方舆纪要》记载：在万安县西南的皂口镇附近，有一处险要之地叫朝山阰，背负峻岭，俯瞰大江。据南昌大学国学研究院院长程水金教授推断，此地极有可能就是辛弃疾当

古诗词里的地理名胜

年题词的造口壁。

朝山阰位于今天的江西万安县南边，朝山脚下，地势险峻，与郁然孤起的郁孤台毗邻。其下有"清江水"浩浩汤汤、千里而来，有似征夫清泪；远望有"长安"，然而长安路远，难以很快抵达。

造口壁因辛弃疾的这一首《菩萨蛮》而被寄予了家国情怀。造口壁至今吸引人们前往观摩瞻仰的，除了山水风貌，更多的就是这令人热血奔涌的家国情怀。

郁孤台

郁孤台建造的时间和造口壁的确切地址一样，早已经无法考证了。唐代时虔州刺史李勉改其名为"望阙"。宋绍兴十七年（1147）赣州知州曾愭增创二台：南边叫"郁孤台"，北边叫"望阙台"，后几经兴废，仍名郁孤台。1983年郁孤台按照清同治年间式样重建。台有3层，高17米，占地面积300平方米，登临郁孤台，可远眺市区全貌。

丑奴儿·书博山道中壁

〔宋〕辛弃疾

少年不识愁滋味，爱上层楼。爱上层楼，为赋新词强说愁。

而今识尽愁滋味，欲说还休。欲说还休，却道"天凉好个秋"！

此词创作于辛弃疾被劾离职、闲居上饶带湖时期。词的上片，作者着重回忆少年时代的自己不知愁苦，为了触发诗情创作新词，"爱上层楼"，无愁找愁。词的下片，表现词人自己随着年龄的增长，尝够愁滋味，一个"尽"字蕴含了词人诸多复杂的感受：辛弃疾怀着捐躯报国的志愿投奔南宋朝廷，本想北伐收复中原，谁知南宋统治者对其招之即来，挥之即去，落得个闲居的境地，心中的愁闷可想而知。后两句"欲说还休。欲说还休"，与上片的"强说愁"做对比，表现了极致的愁是无法痛快地说出来的，最后满腔愁绪只能落在这一句"却道'天凉好个秋'"上，让人真切地体会到他痛苦压抑的心情。

为赋新词强说愁: 辛弃疾为何对博山情有独钟?

博山在哪?

博山位于今江西省广丰区洋口镇境内。据《广丰县志》记载:"博山,古名通元峰,在县西北二十余里,与鹤山对峙,唐天台韶国禅师建寺于此。"博山周边山水环绕,禅寺巧落,因山中泉石清奇、古树参天、曲径通幽、层峦叠翠、古迹繁多而闻名中外。

博山的历史风光

几百年前路经博山的文人墨客就已经发现了这块宝地,关于此地的诗文数不胜数。南宋爱国词人辛弃疾,在被罢官后常往来于博山寺,饱览湖光山色,并留词数首。晚年时又在此建"稼轩书舍",读书吟咏,为世人留下回味精妙的篇章。比如他在《鹧鸪天·博山寺作》中写道:"不向长安路上行,却教山寺厌逢迎。味无味处求吾乐,材不材间过此生。 宁作我,岂其卿?人间走遍却归耕。一松一竹真朋友,山鸟山花好弟兄。"《清平乐·博山道中即事》中写道:"柳边飞鞚(kòng),露湿征衣重。宿鹭窥沙孤影动,应有鱼虾入梦。 一川明月疏星,浣纱人影娉婷。笑背行人归去,门前稚子啼声。"除此之外明代吕夔、夏尚朴，清代傅宏彪、夏显煜、徐光祚、刘尧裔、杨丕烈、刘梓等均有游博山的诗文留传于世。博山的大好风光在文人墨客的描绘下活灵活现地呈现给世人，而这些富有生活气息的描绘也为博山增添了更多的灵动之气和神秘之感，使人更加向往。

博山令人称赞的奇观便是博山雨岩，雨岩位于博山脚下，临近博山寺，与辛弃疾的书舍距离并不远。据说古时此地岩石上常有泉水飞泻而出，与石下潺潺流动的溪流汇聚一齐，沿着蜿蜒的河道流向山下，如此美妙的画面吸引词人辛弃疾多次踏访、留诗。比如辛弃疾曾在《生查子·独游雨岩》中写道："溪边照影行，天在清溪底。天上有行云，人在行云里。　高歌谁和余，空谷清音起。非鬼亦非仙，一曲桃花水。"雨岩的周边环境跃然纸上。

山坡羊·骊山怀古

〔元〕张养浩

骊山四顾，阿房一炬，当时奢侈今何处？只见草萧疏，水萦纡。至今遗恨迷烟树。列国周齐秦汉楚。赢，都变做了土；输，都变做了土。

此曲为张养浩途经阿房宫旧址所在地骊山时作。开头三句引入了骊山的这段历史，阿房宫被火毁灭，当年的舞榭歌台都不复存在，"今何处"引出了"只见"眼前之景：稀疏的野草、回旋的流水、烟雾迷蒙的树林，一片荒凉。后几句又从眼前望向千古历史纵深：这种遗恨，不只秦朝，周、齐、秦、汉、楚哪一个不是落得败亡的结局？"赢，都变做了土；输，都变做了土"是作者对封建王朝社会历史规律性的概括，也是其对统治者无论成败都逃脱不了灭亡命运的清醒认识。

骊山四顾，阿房一炬："烽火戏诸侯"的故事也发生在骊山

骊山名称由来

骊山位于陕西省西安市临潼区城南，在历史上，它因是西周时骊戎国的土地而被称为骊山。唐朝时因临潼名为昭应、会昌，故骊山改名为昭应山、会昌山，后又复名"骊山"。

骊山古迹遗址

骊山历史文化博大精深，古迹遗址星罗棋布。周秦汉唐以来，因这里景色秀丽，故一直是皇家园林用地，离宫别墅众多。在它的半山腰处，有一处兵谏亭，是为纪念西安事变而建造；在第三峰的断层北麓处有一"晚照亭"，是关中八景"骊山晚照"的绝佳观景之地。站在亭上远远望去，骊山之景尽收眼底。每至雨过天晴，云雾消散，目之所及，是夕阳辉映出的满山金色。

骊山有二岭，即东秀岭和西秀岭。西秀岭的第一峰也是最高峰处有一烽火台，历史上周幽王"烽火戏诸侯，一笑失天下"的典故就发生在这里。第二峰有老母殿，相传此殿是为神话故事中的女娲而建。第三峰上有老君殿，原为唐代华清宫长生殿所在地。骊山还有一条女娲谷，传说此谷为远古时期女娲氏的居住地，后人为纪念她，故名。后来女娲氏逐渐演变为人们口中的骊

山老母。骊山上的老母殿，就是为供奉骊山老母而修建。

骊山今日美景

骊山是秦岭北侧的一个支脉，山体曲折蜿蜒如同一条巨龙盘卧于此。杜牧在《阿房宫赋》中曾谈及骊山"北构而西折，直走咸阳"。骊山在这一方土地伫立数万年，历经沧桑岁月却历久弥新。山体之上植被繁茂，种类丰富；极目远眺，山势巍峨，峰峦起伏；山下湖光山色，浑然一体；到了傍晚时分薄雾轻罩，云烟缭绕，楼阁若隐若现如仙境一般。

骊山的每一季都有各自的特点：春时山花烂漫，明媚动人；夏至枝繁叶茂，清爽宜人；秋临硕果累累，花丛片片；冬时雪花纷飞，宁静纯洁，格外迷人。

长相思

〔清〕纳兰性德

山一程，水一程，身向榆关那畔行，夜深千帐灯。

风一更，雪一更，聒碎乡心梦不成，故园无此声。

    词作的上片写将士们跋涉行军与途中驻扎的景象。"山一程，水一程"写出了旅程的艰难曲折，遥远漫长。"身向榆关那畔行"让人联想到将士们身虽向榆关，心却向故乡，表现了对家园的留恋之情。下片"风一更，雪一更"突出了塞外的荒寒之景，也与上片"夜深千帐灯"呼应，道出了将士们深夜难眠的原因。后面的"聒碎乡心"更是直接表现了一夜征人尽望乡的愁肠百结之情。

山一程，水一程，身向榆关那畔行：榆关为什么被誉为"万里长城第一关"？

榆关在哪？

词中的"榆关"即今天的山海关，在河北省秦皇岛市。明洪武十四年（1381），为抵御北方鞑靼、瓦剌的入侵，中山王徐达奉旨修永平、界岭三十二关。当徐达路经山海关地区时，见此地北靠连绵起伏的燕山，南临烟波浩渺的渤海，紧扼海陆要隘，定为兵家必争之地，于是在山海之间重修长城，并建关设卫。因其城防选址依山傍海，遂命名为"山海关"。洪武十五年（1382），山海关关城落成，此后又历经六十余年的建设，山海关形成了一套结构严谨、层次清晰、重点突出、功能分明的军事防御体系，成为明长城东部的第一个重要关隘，享有"两京锁钥无双地，万里长城第一关"的美誉。

榆关的前世今生

榆关，即今天人文历史悠久的山海关地区，早在五千年前的新石器时期，先民们就在此定居和繁衍生息，这里是古老的中华文明的发祥地之一。

南北朝时期，山海关地区便开始了长城的兴建，现山海关境内里峪、老边沿、长寿山石门岭上的长城，都是北朝长城的遗迹。后历经战乱与朝代的更迭，隋朝时期在该地区建立渝关，隋唐时期征伐高丽的大军则频繁往来于山海关古碣石道，因为它是古代中原通往东北的唯一交通孔道。宋辽时期，山海关地区有大量河北南部的移民迁入并定居农耕，这里更名为临闾县，元灭金后改称迁民镇。所以山海关在历史上也被称作"渝关""临渝关""临闾关"。

明代修建的山海关城防，发挥着维护国家安定的重要作用。关城规模最大时，东西南北各开有一座城门，四座城门外各有一座瓮城，城门上方均建有箭楼。关城以北的平缓地区被称为左翼长城，与之相接的山脊上的长城由近及远依次为角山长城、三道关长城、九门口长城；以南的长城被称为右翼长城，最南端的入海石城伸入渤海，因形似龙头伸入大海，故俗称为老龙头。

清入关后，顺治元年（1644）设卫，二年设关。乾隆二年（1737）撤卫设临榆县，鼓励关内贫民入关耕种。自此以后山海关便成为清代两京重要御路，清朝的皇帝由北京回沈阳祭祖，必经山海关。本词就创作于纳兰性德陪康熙帝回沈阳祭祖驻跸于山海关地区时，边关荒寒的景象触发了他的思乡之情，以哀景衬伤情，行者乡思更烈。

新中国成立后，历经了几次行政区属的变迁，山海关古城最终被划为河北省秦皇岛市，后又陆续被确定为第一批全国重点文物保护单位和国家历史文化名城，并作为长城的一部分入列世界文化遗产。

159

潼 关

〔清〕谭嗣同

终古高云簇此城，

秋风吹散马蹄声。

河流大野犹嫌束，

山入潼关不解平。

　　此诗是维新派思想家谭嗣同十八岁时所作。诗人随父前往兰州任职，途径陕西潼关，为眼前雄伟壮丽的景色吸引，写下此诗。首句写久远的高云聚集在雄关之上，诗人以一种远景式的遥望，展现了潼关一带苍茫雄浑的气象。次句写秋风中那矫健的马蹄声，更能催动豪情，让人感到痛快。三、四句转写河山，诗人极目远望，表达了新奇的感受：那从群山中冲泻而出的黄河仍嫌束缚，不断冲击河岸；而群山力戒平坦，一峰更比一峰高。年轻的诗人也在借此表达着自己希望冲破一切罗网，不断奋发昂扬的心态和追求。

山入潼关不解平: 潼关见证过多少历史变迁?

潼关在哪?

潼关位于陕西省潼关县,因临近潼水而得名,古时候有桃林塞之称。它南依秦岭,有禁沟深谷之险;北有渭、洛,汇黄河抱关而下之要;西有华山之屏障;东面山峰连接,谷深崖绝,中通羊肠小道,仅容一车一骑,人行其间,俯察黄河,险厄峻极。杜甫游潼关后也发出了"艰难奋长戟,万古用一夫"的感慨。

潼关关城周长约5公里,北面与东北,为版筑土墙,外包青砖高16米,宽8米;南与东南,顺山势削成垛口,高达30米。除开门6处外,留有南北二水门。潼关东约3公里,有一禁沟,自唐至明、清,为了潼关的安全,沿禁沟两岸,夯筑方形土台12个,是防御性的军事堡垒。由于土台与潼关城基本连接,故称"十二连城"。

潼关的前世今生

潼关创建于何时,历史文献没有具体说明,据《三国志·武帝纪》记载,211年,曹操曾于潼关破马超,由此可知潼关在这之前已开始建置了。后经唐、宋、明、清乃至民国的修葺,保存基本完好。

潼关作为关中的东大门,经历过大小数十次战役,见证了华夏的历史变迁。东汉末年,曹操与马超战于潼关,马超据关抗曹师,后曹操凭其智谋巧妙地夺取了潼关。北周末年,杨坚在洛阳篡位立隋时,曾密遣杨尚希扼守潼关,以解其西顾之忧。唐中叶安禄山攻占洛阳,进逼潼关,使用反间计占据了潼关,震动京师,唐玄宗仓皇西逃。唐末黄巢起义军攻取潼关直捣长安。宋代"靖康之变"后,潼关为金所得,金朝后来为蒙古军队逼迫,迁都汴京,将兵力完全集中潼关附近。